変態いとこは黒ヒョウに夢中

NISHIKI
HAKURO
白露にしき

CHOCOLAT
BUNKO

ILLUSTRATION サマミヤアカザ

CONTENTS

「太郎《たろう》ちゃんが帰ってくるんですって」

炊きたてのごはんを盛った茶碗《ちゃわん》を食卓に置いた母は、待ちかねていたように向かいに座って口を開いた。大学二年生にもなった息子の不規則なスケジュールに合わせて毎日朝食を用意するのは、専業主婦だからでもあり、修司《しゅうじ》がひとり息子でもあるからだろうが、なにより昨年から父が単身赴任になって寂しいからだろう。そう思って、修司もできるだけ話し相手になるようにしている。

「太郎って……由利恵叔母《ゆりえおば》さんとこの？」

「そう。もうハイスクール卒業したのよ。早いわよねえ」

母の妹の由利恵はアメリカ人と結婚し、男の子を生んだ。それが修司よりふたつ下の太郎だ。太郎が小学校に入る前に、父親の仕事の都合で渡米したが、それまでは近所に住んでいて頻繁《ひんぱん》に行き来していた。

「へえ、なんか想像つかないな」

自家製の温泉卵をごはんの上で割り、だし醤油《じょうゆ》をかけながら修司は首を振った。

別れた当時は、八歳と六歳だったはず。太郎は両親のいいとこ取りで、ハーフなのを差し引いても可愛《かわい》い子どもだった。薄茶色のふわふわした髪とヘーゼルグリーンの瞳《ひとみ》、全体の造作は美人と誉れ高かった叔母に似て、修司は何度となく太郎が女の子だったらと思ったものだ。

まあ男でも可愛いことに変わりはなく、しかも修司にべったりだったから、従兄弟《いとこ》というよりも兄弟のようにいつも一緒で、修司なりに面倒を見ていた記憶がある。

ふいに含み笑いが聞こえたので、修司がごはんを掻《か》き込む箸《はし》を止めて顔を上げると、母が肩を震わせていた。

「なんだよ?」

「だって、あのとき……憶えてる? 空港に見送りに行ったの。太郎ちゃんとあんた、抱き合ってわんわん泣いて――」

自分で言いながら爆笑している。

「可愛かったわー、ふたりとも」

それを無視してごはんを平《たい》らげ、空の茶碗を突き出した。母はすぐに受け取って、おかわりをよそう。

「再会したら喜びの涙ね」

「きしょいって。花子《はなこ》のほうなら抱きついてもいいけど」

アメリカへ渡ってから、叔母夫妻には女の子が生まれた。太郎とは七つ違いだそうだからまだ十一歳の計算だが、美少女ぶりは期待できそうだ。

「いやあね、花ちゃんはまだ子どもよ。あんたこそきしょいこと言わないで。どっちにしても、花ちゃんは来ないけど。帰ってくるのは太郎ちゃんだけよ。こっちの大学を受けるんですって」

「なんでわざわざ。向こうの大学のほうがカッコいいじゃん。あ、さては帰国子女枠狙《ねら》って、楽に受験するつもりだな」

「そう、それ。十一月頭に試験があるみたい。あんたの大学」

ほうれん草の胡麻《ごま》和えを口に入れた修司は、目を見開いた。

「修ちゃんと同じ大学行くんだって、張り切って勉強してるらしいわよ」

噛《か》むのを忘れて呑《の》み込んでしまい、塊が食道を落ちていく間、修司は苦しさに硬直した。

はあ？　修ちゃんだ？　同じ大学だ？　まだ後ついてくるつもりか？

くっついていたのは、もう十年以上も昔のことだ。それ以降ひと目も会っていないのだから、太郎といわれて浮かぶのは六歳の子どもだが、確実にそれから十二年が経《た》っている。

あのアメリカンなおっさんの血を引いてんだから、絶対でかくなってんだろ。本国で育ったようなもんだし、きっとマッチョかデブデブだよ。腕毛や胸毛ももじゃもじゃしてて……うわ、それが『修ちゃーん』なんて、勘弁《かんべん》してくれ！

「つるむ齢《とし》じゃねえって。俺は関係ない」

「そんな冷たいこと言わないの。従兄弟でしょ。それに、一緒に住むんだから」

「はあっ？　なに勝手に決めてんだよ！」

思わず声を上げた修司に、母は耳を塞《ふさ》いでみせた。

「なによ、大声出して。嫌なの？」

「嫌に決まってんだろ」

「従兄弟なのに」

「十年も会わなきゃ他人だよ。それがいきなり同居なんて――」

「でも約束だから」

なんでも子どもが互いの国へ留学する場合は生活の面倒を見ると、姉妹間で話がついていたらしい。

「そんなこと、俺にはひと言も言わなかったじゃん」

「あんた、留学したいなんて言ったことないでしょ」

「そ、それは……うちの大学が第一志望だったから……ていうか、なんだよ太郎は。大学の選び方が間違ってんだろ」

「あら、学科も同じよ。航空宇宙。ふたりでよく星を見てたものね。つまり、志望動機も同じってことじゃない？」

「……っ、……」

言い返す言葉に詰まって、修司は箸を握りしめた。どちらにしても母と叔母が結託《けったく》している以上、修司がなにを言っても無駄《むだ》だろう。

……それにしても――。

すっかり食欲が失せてしまって、それでも機械的に箸を口に運びながら考える。どうやっても頭に浮かんでくるのは六歳児の太郎で、成長した姿が浮かばない。

端的に言って可愛かった。見た目もそうだが、よちよち歩きのころから修司の後をくっついて回っていた姿が、一途《いちず》な子犬のようで可愛かった。

いや、もっと前からだろ。赤ん坊のころから、俺の顔見るとにこーっと笑ってたもんな。

ただでさえひとりっ子の修司だ。あんなに慕われて無下にできるはずもない。いつだって太郎の手を握って引っ張ってやっていたことも思い出す。その小さな手の感触も。夏の夜、庭の芝生《しばふ》に寝転がって流星群《りゅうせいぐん》を見ていたときも、手を握り合っていた。

明らかにハーフの見た目だった太郎は、生意気なガキどもの標的になることもよくあって、修司はそのたびに駆けつけて敵を蹴散《けち》らしたものだった。暴言を吐いて太郎の髪を掴《つか》んだ年上の相手と、取っ組み合いになったこともある。

それを思い出すと、太郎が未《いま》だに修司にこだわっているのもわからなくもない。言ってみれば、太郎にとっての修司はヒーローだったのだろう。

それが空港での別れを機に、電話も手紙も交わさずに来てしまったのは、離れ離れになってしまったことが寂しくてつらかったからだ。会えないのに相手の断片を感じることは、いっそう悲しくなってしまうから。

無理やり記憶から締め出して、実際に時間の経過とともに記憶が薄らいで、ここ数年はその存在も思い出すことがなくなっていた。

……それなのに、今さら会うだと？　しかも一緒に暮らすって……。

複雑だ。非常に複雑だ。嬉しくないとは言わないが、微妙に気まずい。思い出が美しいだけに、夢から覚めるような気分を味わいたくないというか。

先ほども思ったことだが、どうしたって十八歳の太郎が記憶のままであるはずがなく、むさ苦しい男になっている可能性は高い。そんな奴に懐かれるのは、正直なところぞっとしない。

しかし、それは修司にも言えることだ。当時の修司は太郎にとって頼れる兄貴だっただろうが、育ちきった二十歳の現在、修司はどこにでもいる若者だ。中肉中背、容貌《ようぼう》は美人の母親譲りでそこそこだが、飛び抜けて優秀な頭脳を持っているわけでもなく、運動神経も十人並み。

そんな自分を見て、太郎ががっかりするのではないかと気になる。べつに修司が頼んだわけではなく、向こうが一方的に慕っているのだとしても。

今さらながら、自分と太郎は密接な幼児期を過ごしたのだと実感する。舌足らずに「修ちゃん」と呼ぶ声が脳裏《のうり》にこだまして、それが繰り返されるたびに記憶が鮮明に蘇《よみがえ》ってきた。

初めて修司に会ったのは、母に連れられて叔母の家へお祝いに行ったときだ。小さなベッドに寝かされた生まれたての赤ん坊は、それまで自分より小さな人間を見たことがなかった修司には衝撃的だった。隣家の子犬よりも可愛く見えたし、どんなおもちゃよりも面白そうだった。

当時の太郎は自分も赤ちゃんが欲しいと、母親に訴えたらしい。たぶん赤ん坊が人間だという意識がなかったのだろうが、おとなたちは他者への愛情の目覚めと取ったらしく、頻繁に修司を太郎の元へ連れて行っては、世話をする様子を見せ、ときに手伝わせた。いつしかそれが当たり前になって、太郎が歩き出し、片言《かたこと》を喋《しゃべ》り出したころには、番犬よろしく付いて回っていた。

今思えば、太郎のほうも擦《す》り込みがあったのだろう。それはそうだ。いつも目の前に修司がうろうろしていたのだから。物心がつくと、今度はひたすら修司の後を追いかけるようになった。

修司が幼稚園に通うようになると、イベントごとに母や叔母に連れられた太郎が見に来たが、超絶可愛いハーフの幼児はやたらとちょっかいをかけられ、べそをかいて修司の陰に隠れた。自分だけが太郎に認められているような気がして、修司は得意だった。

しかし異質なものに敏感で容赦がないのも幼児で、ちやほやする者がいる一方、太郎の淡い色の髪や目を揶揄《からか》う者もいた。ショッピングモールのキッズスペースで遊んでいたときに、見るからに躾《しつけ》のできていない男児が太郎を見て「ガイジン！」と絡んできた。組み立てていたブロックを蹴り倒して、そのひとつが太郎の頭を直撃したのを目にし、修司は男児に飛びかかっていった。

騒ぎになってようやくおとなたちが駆けつけたときには、男児と修司のけんかということになっていて、双方無理やり頭を下げさせられた。納得がいかない修司は言い返そうとして、母から拳骨《げんこつ》を追加された。

しかし、太郎だけは修司に抱きついてきた。それを機に、修司のボディガード化に拍車がかかったように思う。

太郎がインターナショナルスクール付属の幼稚園に入ってからは、それぞれ帰宅してからの時間をどちらかの家で過ごすようになった。小学校の友だちと遊べなくても、太郎といると楽しかった。

夏休みにつくばのJAXAに見学に行って、さらに数日後に庭で流星群を見て、ふたりとも宇宙と星空に夢中になった。いつか一緒に宇宙飛行士になってロケットに乗ろうと、固く約束したのもそのときだ。

……いや、俺も今まで忘れてたけどさ。

回想に耽《ふけ》っていた修司は、思いがけずそんなことまで思い出して、我ながら驚いた。だから無意識のうちにそんな進路を選んでいたのだろうか。

ということは、太郎のほうはそれを憶えていて、同じ進路に進もうとしているのだろうか。

相変わらず頭に浮かぶのは六歳の太郎なのだが、というか、それ以降は写真の一枚も見たことがないのだからしかたなくもあるのだが、その幼児が大学に入学するべく勉強に勤《いそ》しんでいたり、緊張の面持《おももち》ちで飛行機に乗ろうとしていたりする光景が浮かんできて、修司はくすりと笑った。

「なによ、あんたもほんとは嬉しいんでしょ」

はっとして目を上げると、頬杖《ほおづえ》をついた母がにやにやとしていた。

「……べつに。なにを言ったって、どうせもう決まったことなんだろ。そんで、いつ来んの？」

「十八日ですって」

「来月の？」

十一月が試験なら少し早くないかと思った。まあ、身辺を落ち着かせてから受験に臨《のぞ》むという考えもあるが。

「違うわよ、今月」

母の答えに、修司は目を剥《む》いた。今日は九月の十三日だ。

「はあっ？　なんでそんな早く？　ていうか、あと五日しかないじゃん！」

「早く修司に会いたいんでしょ」

「そんなのんきなこと言ってる場合かよ。部屋だって用意しなきゃ――あ、俺、前期試験前だから！　手伝えないからな！」

なんだか急に慌ただしい気持ちになってきて、ちょっとほっこりしていた再会への期待も吹き飛んでしまう。

手伝わないってわけにもいかないだろ。なにからやればいいんだ？

食卓を立って、辺りを見回す。とりあえず目についたソファのクッションを並べていると、母がころころと笑う。

「なに慌ててるの。二階の空き部屋を使ってもらうから、太郎ちゃんが来てから必要なものを買いに行けばいいじゃない。お掃除はちゃんとしてあるし」

「あ……？　ああ、空き部屋……そうか」

まったくだ。なにを焦《あせ》っているのだろう。修司はクッションを抱えてソファに座り込んだ。

「なあ、ほんとに迎えに行かなくていいわけ？」

九月十八日のエックスデー。時刻はすでに夕方の五時を回っている。成田到着は二時過ぎだったはずだ。

「電車の乗り継ぎわかんのかよ？　初めてなのに」

修司のほうは、どうしても休めない講義があって、それを終えて飛んで帰ってきたというのに。

「確かめながら移動してたら、そんなもんでしょ。だいたい子どもじゃないし、日本語ができないわけでもないんだから、迷子になんてならないわよ。もともと住んでた場所なんだし」

「十年以上前の話だろ。さま変わりしてるし、憶えてねえよ」

リビングとキッチンを行き来する修司を振り返って、母はいつもより濃く塗った唇をつり上げた。

「そんなに気になるなら、最初から迎えに行くって言えばよかったのに」

「なんで俺が。だいたい今日は学校だって言ったろ」

「それより、お父さん遅いと思わない？」

一転して心配そうに眉根《まゆね》を寄せた母に、修司は呆《あき》れて手を振った。

「知らねえよ。電話してみりゃいいだろ」

太郎が来るというので、単身赴任中の父も名古屋から戻る予定だった。未だに夫ラブの母は、太郎よりも父の帰宅のほうがずっと気がかりらしい。

そこに母の携帯が鳴り、母は鍋の火を止めて電話へ走った。

「はい！　孝明《たかあき》さん、今どこ？」

孝明さん、て……。

母と入れ替わりにキッチンへ向かい、わかめと麩《ふ》のすまし汁を味見しながら、修司は肩をすくめた。

「ええーっ、そうなのー？　残念ー。……しかたないわね。寂しいけど、我慢するわ。はい、来月ね。身体《からだ》に気をつけてよ。それと飲み過ぎないで。なんだかまた残暑が戻ってきたみたいだし。ええ、それじゃ」

通話を切った母は見るからに肩を落として、ため息までついた。

「急な接待が入って、帰れないんですって。もう、なんで勤務時間外まで拘束するのかしらね」

「それが仕事ってもんなんだよ」

学生時代に就活先の会社で父と出会った母は、卒業後も就職することなく家事手伝いを一年ほどして結婚した。だから学生の修司並みに、会社勤めの縛りを知らない。

「生意気言って。あーあ、お寿司《すし》余っちゃう」

「俺と太郎で片づけるよ。つうか、マジで遅くない？　あいつ。俺、ちょっと駅まで見に行って——」

それを聞いた母がふふふと笑うのと同時に、チャイムの音がした。

「ほら、来たわ。はーい、太郎ちゃん？　今、開けるわね」

ドアホンに返事をしてリビングを出ていく母を追いかけそうになって、修司はふと足を止める。

えっと……おかしくないよな？　髪もボサってないし、顔もギトついてないし。

そんなチェックをしている自分に気づいて、なんなんだそれは、とばかばかしくなる。デートに行くわけじゃないのだ。

「あらーっ、太郎ちゃん！　大きくなって！　久しぶりねえ」

玄関先から心なしかはしゃいでいるように聞こえる母の声が響いて、修司も急ぎ廊下を進んだ。

「ご無沙汰《ぶさた》してます。わあ、伯母《おば》さん変わらないなあ。お姉さんって感じ」

おっ……。

聞こえてきた声は当然のことながら幼児のものではなかったが、予想以上に低く張りがあって、修司は目を見開いた。しかも、そつなくお世辞まで使っている。

「やあね、褒《ほ》めてもなにも出ないわよ。あ、お寿司があるんだった。生魚、だいじょうぶよね？　あとねえ――」

俄然機嫌よく喋り出した母を促すべく、修司は足を速める。

「母さん、まずは上がらせなよ。太郎だって長旅で疲れて――る……」

……誰……？

玄関ドアをすっぽり塞ぐほど長身の男が目に入って、修司は立ち尽くした。塞ぐといっても横幅はさほどでもなく、しかし程よい筋肉がTシャツを浮き上がらせている。ダメージデニムの脚が見惚《みほ》れるほど長い。

……いや、誰ってもちろん……太郎、だよな……？

今しがた母がそう呼んでいたし、相手も応《こた》えていた。癖《くせ》のある髪は昔より色が濃くなっていたが、カラーリングではちょっと出せないような微妙なニュアンスで、憶えのあるヘーゼルグリーンの瞳によく似合っている。

純日本人には望むべくもない彫の深い顔立ちは、日本人の血でいい感じに中和され、濃すぎる手前でとどまっている。美形かと訊《き》かれれば、文句なしに頷《うなず》くだろう。下半分がうっすらとひげに覆われていたが、それも色が薄いせいかむさ苦しくは見えない。

「あっ、修ちゃん！」

太郎は修司と目が合うと、目を輝かせてスニーカーのまま突進してきた。決して安普請《やすぶしん》ではないはずの廊下に足音が響く。

「きゃ……、太郎ちゃん！　靴！　土足はだめよ！」

「うわっ……！」

近づくにつれてその図体に照明を遮《さえぎ》られ、闇《やみ》に包まれそうな迫力を一瞬感じて身を引きかけた修司を、逞《たくま》しい腕ががっちりとホールドする。汗とボディローションの匂いが鼻腔《びこう》に押し入ってきて、修司は思わず息を詰めた。

「会いたかった！　修ちゃん！」

本場のハグとはこんなにも強力なものなのかと、難を逃れた両手を振り回して助けを求めていると、母が叫んだ。

「靴を脱ぎなさい！」

同時にぽこっと間抜けな音が聞こえて、次の瞬間拘束の輪が解かれた。圧迫から解放され、よろめいて壁にもたれ息をつく修司の目に、背後を振り返る太郎と、スリッパを突きつけている母が映る。どうやら太郎を襲撃した武器はそれだったらしい。

「うちは土足厳禁よ。靴脱いで、これに履き替えて」

た。

「あ……すみません……」

太郎は肩をすくめてすごすごと三和土《たたき》に戻り、スニーカーを脱いだところで深々と頭を下げた。

「お久しぶりです。ジェンキンズ太郎です。今日からお世話になります」

「はい、ようこそいらっしゃいました。さあ、上がって」

まだ呆然《ぼうぜん》としている修司の前で、へたな芝居のようなやり取りが繰り広げられる。なんというか、世間知らずだとばかり思っていた母のほうが、よほど肝《きも》が据《す》わっているようだ。

「はい、おじゃまします」

「それはいらないわ。自分の家だと思ってね。あ、届いた荷物は二階のお部屋に置いてあるから。全部だと思うけど、一応後で確認してちょうだい。必要なものがあれば言ってね。それにしても背が伸びたわねえ。スティーヴを越えた?」

母に続いて太郎がちらちらとこちらを見ながら前を通り過ぎていっても、修司はまだ動けずにいた。鼻先に男臭《くさ》い匂《にお》いが、まだまとわりついているような気がする。

……びっくりした……。

予想をはるかに超えて太郎が育っていたことにも驚いたが、それに抱きしめられるとは思いもよらなかった。

だいたいなんで俺よりでかいんだよ。目線を上げて太郎を見るなんて……。

ようやく壁から離れた修司は、先ほどの太郎の身体の感触を思い出しながら、両手で宙に輪を作る。見た目からして明らかなのだが、体格も修司よりずっとがっしりしていた。幼児期の体格差など、いともあっさり逆転されている。

「修司ー！　なにしてるの？　ごはんにするわよ」

奥から母が呼ぶ声に、修司はかぶりを振って気を引き締めた。

いや、でも中身は変わってないみたいだし。だからこの齢《とし》になっても、無邪気《むじゃき》に抱きついてきたりするんだろ。

いわば、ご主人大好きな大型犬のようなものだ。依然としてリーダーは自分だと、修司は自分に言い聞かせてリビングに向かった。

「さあ、たくさん食べてちょうだいね。お父さんも帰ってくる予定だったんだけど、都合が悪くなっちゃって。まあ、その身体なら食べられるわよね」

食卓には大きな寿司桶《おけ》の他に、母自慢の鶏《とり》の唐揚《からあ》げとミモザサラダ、すまし汁が並んでいる。

「はい！　わあ、お寿司だ！　美味《おい》しそう……うん、旨《うま》い！」

「アメリカでも珍しくもないんでしょうけど、やっぱり味は違うでしょ？」

「そうですね。それに向こうはロールが多いんですよ。修ちゃん、次なに食べる？　トロ？　甘海老《あまえび》？」

「俺はいいから、自分で食べろよ」

寿司を取り皿に乗せられそうになって、修司は手で避《よ》けた。どうして太郎にエスコートされなければならないのだ。

太郎は当然のように隣に座った。それはいいのだが、食事が始まってからも箸を運ぶとき以外はずっとこちらを見ているような気がする。おかげでなにを口に入れても、味がよくわからない。

「……修ちゃんだあ……」

呟《つぶや》きのような声が聞こえて、修司はたまりかねて太郎を見た。

「……そうだよ。見りゃわかんだろ？　おまえはずいぶん変わったけどな」

「修ちゃんだって大きくなったよ。でもやっぱりきれいだけど」

「きっ……」

絶句する修司の向かい側で、母が吹き出す。

渡米してからも叔母が日本語で接していたそうだから、完成度が高いバイリンガルだと思っていたが、やはり英語が土壌の生活だと日本語はおろそかになってしまうらしい。

それにしてもきれいってなんだよ。

「太郎ちゃん、日本語が間違ってるわ。きれいは女の人に使うのよ。そもそも修司はきれいでもなんでもない――」

「そんなことない！」

母の指摘に、太郎は食い気味に言い返してきた。その迫力たるや、なにごとかと修司まで目を瞠《みは》ったほどだ。

「え……？　でも――」

「修ちゃんはきれいだ！　ていうか、萌《も》え！」

「も、萌え……？」

母は顔にクエスチョンマークを貼りつけているが、修司は内心ゲッと唸《うな》る。

萌えって、あれか？　アキバ系とかオタクとか……こいつ、そうなの？

修司は無縁なので詳しくないのだが、アニメやゲームのいわゆる二次元キャラに熱を上げることは、現代日本の文化のひとつとして確立しているようだ。その波は本国だけにとどまらず海外にも派生して、外国人観光客の中には聖地巡礼と称して秋葉原を訪れる者も増えているらしい。

うわあ……もったいねえな。こんなにイケてんだから、生身の女だってより取り見取りだろうに、なんで実在しない相手に走るかね。

こっそり盗み見たつもりがヘーゼルグリーンの瞳とぶつかってしまい、太郎ににっこり笑いかけられる。ああ、なんとなく面影があるなと思ったら、頭ごなしに否定するのも悪い気がしてきて、修司はその肩を叩《たた》いた。

「……うん、ま、いいんじゃない？　ほどほどなら」

「ほどほど？　そんな中途半端な気持ちじゃないよ」

ええー、ガチのオタクかよ。それは……。

力強く返されて引き気味の修司の向かい側で、母がようやく合点《がってん》がいったとばかりに手を叩いた。

「ああ、あれね！　メイド喫茶とかコスプレとか。可愛いわよねー。そういうのに萌えなの？」

「違います。修ちゃんに萌えです」

食卓に沈黙が流れる。母の顔から笑みが消えて困惑がにじんでいるのを感じ、修司のほうが居たたまれなくなった。なぜだ。修司は一方的な被害者のようなものなのに、どうして申しわけなくならなければならないのだ。

だいたいこいつもなんなんだよ？　そんなに俺のことが好きなら、ふつうにそう言やいいじゃねえか。へたに情報通ぶって萌えだのなんだの言い出すから、こんなややこしいことに……。

「……ええと、つまりそれくらいずっと、修司に会いたいと思ってくれてたってことよね？」

世間知らずでもさすがに年の功で、無難にまとめようとした母に、太郎もこっくりと頷いた。

「大学でこっちに来るのを、指折り数えてました。そのためにずっとアルバイトもしてたし」

「まあ」

しかしやはり世間知らずなので、太郎の苦労話とも言えないエピソードに感激して目をキラキラさせている。

「嬉しいわ、ふたりが仲よくしてくれると。でも母親の私が言うのもなんだけど、修司のどこがそんなにいいのかしらね？　逆ならまあ、わからなくもないけど」

「よせよ。俺は太郎に萌えたりしないし」

いい加減この話題を打ち切りたくて、修司はぞんざいに吐き捨てて、ウニの軍艦巻《ぐんかんま》きを口に放り込んだ。

その横で太郎は、よくぞ訊いてくれましたとばかりに身を乗り出す。

「物心ついたときには、修ちゃんがそばにいたじゃないですか。たいていいつも一緒だったし、ふたつ上だからなんでもできて、俺のお手本で、子ども心に憧《あこが》れだったんです」

憧れという言葉を持ち出されると、まんざらでもない気にさせられてしまう。修司も実際、太郎に対して常に兄貴的な態度を心がけていた。ふたりで歩き回って知らない道に踏み込み、内心どれほど心細くなったとしても、決して太郎の手を離さずに家に辿《たど》り着くのだと自分を奮い立たせた。

「なんといってもきっかけはあれかな。修ちゃんが年長組のとき、発表会で動物の劇をやったでしょう」

「劇……？　ああ、あったわねえ。それぞれ着ぐるみみたいなの着て……修司はなんだっけ？黒い――そうそう黒ヒョウ」

母の言葉に、修司も記憶を手繰《たぐ》り寄せた。

幼稚園児のことで、誰もがちゃんと台詞《せりふ》を覚えられるとは限らず、また本番でしくじる可能性もあるからか、台詞はすべて音楽や効果音と一緒に尺分録音されていて、それに合わせて動くという劇だった。

そのせいかというかそのわりにというか、ストーリーはちゃんとしていたように思う。敵対する動物グループが仲よくなる話で、キャラクターも立っていてバラエティーに富んでいた。

修司が演じた黒ヒョウは、一歩退《ひ》いて斜に構えた役どころで、いわゆる陰のある準主役だった。当時戦隊ものの特撮にはまっていた修司には、メンバーのひとりと黒ヒョウのキャラがだぶって見えて、かなりのめり込んで演じた記憶がある。

「そうです。よかったですよね、あれ！　今でも目に浮かぶっていうか、脳裏に焼きついてます」

そう言う太郎の頭の中では、本当に黒ヒョウの修司が活躍しているようで、うっとりとした目を宙に向けている。箸でつまんだままの唐揚げが転げ落ちそうだ。

なるほど。そうか、こいつもあれをカッコいいと思ったんだな。見る目があるじゃねえか。

修司が年長ということは、太郎は四歳だったわけで、主役でなくあのニヒルな役どころに目を留めるというのは、けっこうませていたんだなと、思わず含み笑う。

まあ、修司自身、かなり気合を入れていて、発表会前は家でも自主練習をしていたし、それを太郎に何度となく見せたし、劇の内容について熱く語ったりもしたのだったと、紐《ひも》解いた記憶が次々に溢《あふ》れ出てきた。

猫耳みたいなの付けてさ。あとは真っ黒の全身タイツで、あれはちょっと恥ずかしかったな。でも尻尾《しっぽ》に針金が入ってて、先っちょがくるっと上がってるのがいい感じだったんだよな。そんで——。

回想に耽っていた修司の脳裏に、パッ、パッ、となにかが閃《ひらめ》いては消える。気になって意識を向けるうちに、ついに映像の切れ端を捕らえた。

あっ……——。

あとは芋ずる式に記憶が蘇ってくる。途中からすべてを思い出して、あまりの黒歴史ぶりにもういいとふたをしようとしたのに——遅かった。

最後に年長組全員でステージに並び、手を繋いで客席に向かって一礼する。満員の客席は拍《はく》手喝采《しゅかっさい》だった。修司もまたニヒルな役を演じきった達成感で、心地よくその称賛を浴びる。

「はーい！　すみれ組さんは廊下からお部屋へ行ってくださーい。係りのお母さんたちに手伝ってもらって、お着替えしてね」

狭い舞台袖《そで》に引っ込んだ園児たちを、幼稚園教諭が廊下へと誘導するべく声を張り上げる。担任などは感激のあまり涙声だ。

へへ。カッコよかったよな、俺。お母さん、ちゃんとビデオ撮ってくれたかな？

太郎も母に連れられて見に来ていた。修司が舞台に登場したとたん、客席で立ち上がったから、よほど修司の雄姿に見惚れていたのだろう。最後には、頭の上に両手を上げて拍手していたし。

いやー、まいっちゃうな。また太郎に憧れられちゃうじゃん。

『修ちゃん、カッコよかった！　レンジャーブルーみたいだった！』

きれいな色の目をキラキラさせて声を上げるのが、想像がつく。

興奮冷めやらない修司は、廊下を飛び跳ねるようにしてすみれ組の教室へ向かう。すでに着替えを終えて制服姿になった園児が、目の前を通り過ぎて講堂へ引き返していくのを見て、修司は慌てた。

早く着替えて、太郎のとこに行ってやらないと。修司を褒め称えたくて、待ちくたびれているはずだ。

駆け出した修司だったが、すぐにぐいっと引きとめられ、空回りした足が床を滑る。常々廊下を走ってはいけないと言われているので、先生に捕まったのかと宙に浮いている一瞬に思った。しかし、どこを掴まれたのだろう。肩にも腕にも手が触れた感触はなかったし、そもそも誰かが接近した気配も感じなかった。

……あれ？　今、なんかお尻《しり》がビリって――。

「う、わっ！」

身体の前面を叩きつけられるように転んだ修司は、息を詰まらせる。どこが痛いのかもわからないくらいの衝撃だ。とっさには動けず、そのまま床で伸びていると、物音を聞きつけて教室から保護者たちが飛び出してきた。廊下の向こうで「修司くん！」と叫ぶ先生の声もする。

……か、カッコ悪い……！

真っ先に思ったのはそれで、修司は痛みも忘れて跳ね起きた。実際素早く動けたのだから、けがもなかったのだろう。

「まあ、修ちゃん！」

「だいじょうぶ⁉　けがは⁉」

あっという間に心配顔のお母さんたちや先生に囲まれてしまい、修司は照れ笑いで両手を振る。今日の修司はカッコいい黒ヒョウなのだから、転んだり、ましてやそれで痛がったり泣いたりするわけにはいかない。できれば、みんなにも今の失態は忘れてほしい。

「平気だよ！　なんともない！」

それを見ておとなたちは安堵《あんど》の表情になりながらも、修司の身体を念入りに確かめ始めた。

「擦り剥いてもいないみたいだけど……身が軽いからかしらね」

「手や足もちゃんと動く？　痛いところはない？」

「それにしてもどうして——あらっ……」

背後にいた先生が修司の尻尾を手に絶句し、ふひ、と妙な音を発した。

「先生どうかして——あらあ。そうか、尻尾が引っかかったのね。ほら、たぶんあそこじゃない？」

「ああ、お道具袋のフック」

頷き合って廊下の一方を見ているおとなたちにつられて、修司もわけがわからないまま目を向けると、廊下に並んで吊《つ》り下げられたお道具袋のいくつかが落ちている。

尻尾が引っかかったって……あれに……？

それで自分はもんどりうって倒れてしまったのかと、ようやく修司にも合点がいった。もともと尻尾があるわけではないから、舞台を終えた解放感で、その存在はすっかり意識の他だった。尻尾を忘れて走ったせいで、迂闊《うかつ》にもフックに引っかかってしまったのだ。

気づけば周りの誰もが、微妙に笑いをこらえるような顔をしている。まあ、失態は事実だからしかたがないと、なにげなく原因の尻尾を振り返った修司は、ぎょっとして声を上げた。

「わあっ！」

衣装に縫いつけられた尻尾は半分取れかかっていて、しかも縫いつけていた部分が派手に破《やぶ》けてパンツが見えている。先ほどのビリッという音はこれだったのか。

慌てて両手で尻を隠した修司に、おとなたちはいっそう妙な顔になりながら、修司を宥《なだ》めた。

「だ、だいじょうぶよ！　パンツは破けてないし」

「そうそう。けががなかったんだからなによりじゃない」

いっそ笑ってくれたほうがいい。いや、それはそれで傷つく――なんてことを思いながらよくよく見てみると、引っ張られたり転んだりした衝撃で、薄い全身タイツは伝線しまくっていた。ことに穴が開いた尻周辺がひどいありさまだ。太腿《ふともも》のほうまで裂けていて、あちこち素肌が透けている。

……か……カッコ悪い……。

先刻までヒーロー気分だっただけに、ギャップの激しさに六歳児のハートは耐えられなかった。修司は身を縮めるようにしゃがみ込んで、先生の宥める声にも顔を上げず、そのままお母さんたちに教室へ運ばれた。


……うーわー……やなこと思い出した。

すっかりどんよりした気分になって、修司は唐揚げを口に押し込む。

べつに舞台で尻を見せたわけでもなく、現場に居合わせたのはせいぜい数人で、後日噂にもならなかったから、修司を思いやって黙ってくれていたのだろう。

今ならあんな失態は笑い飛ばせるし、逆に笑いを取れてオイシイくらいだが、ナイーブな六歳児には人生初の恥辱《ちじょく》だったのだ。その恥ずかしかったという部分だけは、どんなに時間が経っても払拭《ふっしょく》できなくて、結果記憶から締め出していたようだ。

それを思い出させやがって、こいつは……。

「あれ、好きだったなあ」

太郎はしつこく褒めながら、修司に微笑《ほほえ》みかける。

まあ、たしかに舞台だけなら、修司だって自慢の過去としておける。太郎が気に入っているのも無理はない。

ほんと、その後の事件を知られなくて幸いだったぜ。

あんなところを太郎に見られたら、大げさでなくその後の人生が変わっていたのではないだろうか。襲われでもしたかのようなボロボロの全身タイツでうずくまっていたなんて、太郎に対する自分の威厳《いげん》に関わる。

……って、なんのかんの言って、俺ってこいつに好かれたいと思ってるってことか？

まあ誰にだって、嫌われるよりは好かれたいものだ。しかし幼いころならいざ知らず、今さら野郎にべったり慕われても持て余すだろう。

だいたい距離感が変だし。昔のまんまって言うか。でかい図体で「修ちゃーん」なんて追っかけられたら、恥ずかしいって。しかも、萌えとか言ってるし。なんだそれは。

あの黒ヒョウを持ち出してくるあたり、やはりキャラ的な意味で好意を寄せているのだろうか。やはりオタクなのか。

幸か不幸かこれまで修司の周りにはそういう趣味を持つ者がいなかったし、修司自身も幼年期を過ぎるとアニメや漫画の類《たぐい》からは離れてしまった。ゲームくらいはするが、それも評判になったタイトルくらいで、せいぜい暇つぶし、間違ってもそれで徹夜したりはしない。

ひとつ屋根の下にオタクがいるというのもアレだが、まあ、そっちで関わる気はさらさらない。ひとりで楽しむ分には、勝手にやってくれればいい。

とにかく……昔どおりの兄貴的ポジションで、こいつにとってカッコいい修ちゃんでいれば、お互いに問題ないってことだよな。


「修ちゃーん！　まーだー？」

階段下から呼ぶ声に、修司はワックスをつけた毛先を手早く整える。

「今行くって」

「さっきからそればっかりー」

うるせーよ。そっちこそおとなしく待ってろっての。

前期試験が終わった九月の末、母にせっつかれて、修司は太郎と一緒に買い物に出かけることになった。身の回りの細々とした必要品を買って来いということらしい。

それこそ成田からひとりで来られたくらいなのだから、買い物に出かけるなんてまったく支障はないはずなのに、太郎も律儀に修司の試験が終わるのを待っていた。ありがた迷惑、いや、正直面倒くさい。

カーディガンを羽織って階段を下りていくと、上り框《かまち》に腰を下ろしていた太郎が振り返ってぱっと顔を輝かせる。勢いよく立ち上がったその姿を見て、修司は口元を歪《ゆが》めた。

「なに、おまえ。Tシャツ一枚かよ」

しかも首回りは伸びきっているし、元は濃紺だったのだろうが、すっかり色あせている。

「え？　寒くないよ。修ちゃんこそ暑くない？」

「もう衣替えのシーズンだろ。長袖でいいんだよ」

「えー。着替えるのめんどくさい」

ボトムはサンドカラーのカーゴパンツで、足もとだけがごついワークブーツだ。こういうミリタリー系の格好も巷《ちまた》でそれなりに見かけるが、似合っているのはまずいない。

それがどうだろう。名のあるブランドのアイテムでもたぶんなく、アクセサリーの類が加えられているわけでもないのに、決まっているように見えてしまう。

「修ちゃん？」

茶褐色《ちゃかっしょく》の髪は天然の緩いウェーブがかかっていて、ちょっと伸び気味で鬱陶《うっとう》しいのか、無造作に掻き上げてこちらを窺《うかが》うしぐさまで、なんだかグラビアのポーズでも取っているかのようだ。来日時にむさ苦しく見えた無精《ぶしょう》ひげも、以後は剃《そ》られている。

「な、なんでもねえよ。行くぞ」

　ったく、いいとこ取りのハーフは得だよな。

　ちょっとした生活雑貨なら、近所のホームセンターで事足りるのだが、母から必要以上の軍資金を預かっている。曰《いわ》く、「服を選んであげてくれないかしら？　洗濯するたびに、なんだかがっかりしちゃうのよね。せっかく素材がいいんだもの、着飾らせたいじゃない？」だそうだ。

　母もなにか勘違いしているのではないかと思うが、修司も一着買っていいとのお許しが出たので、都心にまで繰り出すことにした。

　最寄《もよ》りの私鉄駅から電車に乗ったのだが、いつもとはなんとなく居心地が違う。熱心に話しかけてくる太郎の声が大きめで、視線を集めているのだろうかと思い、

「もう少しボリューム落とせ」

　と命じたところ、顔の距離が近くなって非常に鬱陶しくなった。それでもこれで落ち着くだろうと思ったのだが、途中で乗り込んできた女子高生たちが、太郎に気づいて明らかに色めき

たった。本人たちはヒソヒソとやっているつもりなのだろうが、「イケメン」だの「モデル?」だのと聞こえてくる。スマホで隠し撮りをしているらしき少女までいた。

……なるほど、原因はこいつだったのか。

どうやら最初から太郎自身が注目を浴びていたようだ。当人は鈍感なのか、それとも慣れっこなのか、まったく意識する様子もなく、視線はほぼ修司に固定されている。吊り革が低すぎるのか、その上のバーを掴んでいるのだが、平均身長の男には真似《まね》のできないそのポーズが、似合っているからこそ憎らしい。

その横で吊り革を握る気になれず、手ぶらで踏ん張っていた修司は、減速の横Gによろめきそうになって、すっと伸びた太郎の手で上腕を掴まれて事なきを得た。

「あ、悪い――」

礼を言いかけたところに、女子高生のグループからはしゃいだ声が上がる。目を向けると、なんだかやけに興奮気味に互いを叩き合っていて、怪訝《けげん》に思った修司ははっとした。これはアレだろうか。男同士のあれこれを妄想して楽しむ、腐女子とかいうやつか。冗談ではない。

「お、俺はだいじょうぶだから！　気にすんな！　ほっとけ」

「でも――」

「平気だっつの。ほら、こうして掴まってるから。な！」

吊り革に頼っているほうがよほどマシだ。ついでに間隔も空《あ》けてみたのだが、太郎がすかさず寄ってきたので、諦《あきら》めて視線を窓に向けた。まったくどうしてこんな目に遭《あ》わなければならないのだ。

しかし電車を降りて街を歩き出してみれば、やはり視線が向かってきた。電車内と比べて分母が大きくなった分、太郎に目を留める人数も増えたようだ。

なんでだよ？　田舎町《いなかまち》じゃねえんだぞ。渋谷だぞ。いい男なんか腐るほど歩いてんだろが。それこそ芸能人やモデルだっているはずだ。百パーセント外国人だって。それなのに、どうしてこうも太郎に集中する？

「人が多いねえ」

太郎は感心したようにキョロキョロしているが、あまり顔を見せびらかさないでほしい。ただでさえ長身で目立つのに。

ていうか俺、完全に引き立て役じゃん。

修司だって大学の連中と一緒のときには、けっこうイケている部類なのだ。通り過ぎざまに振り向かれるようなことはめったにないが、イケメンとしてカウントされている。

それが太郎の隣にいると、見事にスルーされてしまうのだから面白くない。

「よそ見してるとはぐれるぞ。ほら、こっち——」

「ちょっとすいません」

ファッションビルの入り口を潜ろうとしたとき、背後から声がかかった。スカウトか勧誘の類だろうと見当がついていたので、無視して進もうとしたが、太郎が立ち止まってしまった。

「修ちゃん待って。呼んでる」

修司は舌打ちしたいのをこらえて踵《きびす》を返す。

「いいから太郎――」

しかしすでに太郎は、呼び止めてきた相手に向き合っていた。

「私、モデルクラブの者なんですが、失礼ですけどすでにどこかの事務所に所属してます？」

「え？」

首を傾《かし》げる太郎に、スカウトは畳みかけるように喋り出した。

「ひと目見てすてきだと思って。日本人じゃないですよね？　ハーフ？」

「ああ、父がアメリカ人です」

ばか、相手にすんなよ。

太郎が答えたものだから、スカウトはさらに勢いづいている。しかたない、ここは修司が割って入るしかないだろう。太郎ひとりではいつまでかかることか。

「すいません、急いでるんで――」

「あら、彼もすてき。ところで芸能のお仕事に興味は？」

スカウトは一瞬、修司を見たものの、すぐに太郎へ視線を戻した。

あからさますぎんだろ！

「芸能？　……ああ」

「そうなんですよ！　高山ユージや浦木聡もうちの所属なんです」

高山ユージはなんとなく顔がわかるが、浦木なんて奴はまったく知らない。つまりその程度の事務所だということだ。決して自分がないがしろにされたから言っているわけではない。

「あー、こっちに来たばかりなんで、言われてもわからないな」

「えっ、もしかしてアメリカ育ち？　うわあ、ますますいいわ！　芸能人でも帰国子女って付加価値は大きいんですよ」

なにを言ってもめげないというか、いいほうに持っていくというか、ある意味見習うべきポジティブシンキングだ。

「それでですね。まずはモデルとして顔を売るのが近道だと思うので――」

「いや、ちょっと待って」

このまま流されてしまうのかと思いきや、意外にも太郎はスカウトの言葉を遮った。

「せっかくだけど、そういう話はけっこうです」

爽《さわ》やかに微笑みながらの台詞に、百戦錬磨《ひゃくせんれんま》のはずのスカウトが一瞬ポーッとしたのがわかった。我に返ると目に見えて意気込みが強くなり、なんとしてでも金の卵をゲットしようという気合いが伝わってくる。

「初めは皆さんそう言うんですよ。信用してもらえないし。ですから一度、事務所を見にいらっしゃいませんか？　そうすれば――」

「べつに疑ってません。そういえば渋谷って、スカウトが多いって聞いてたし。お断りするのは、単に興味がないからなんです。他のことで頭がいっぱいなんで」

「え――……？　……あの、他のことって？」

いきなり両断されて呆然とするスカウトが、半ば無意識の体《てい》で尋ねると、太郎はなんとも魅力的な笑みを浮かべた。

「ナイショ。それじゃ。修ちゃん、お待たせ。行こうか」

見惚れてしまったのはスカウトだけでなく修司もで、気づけば太郎に背中を押されてファッションビルの入口を潜《くぐ》っていた。

……なんだ？　今の……。

曲がりなりにもプロのスカウトを魅了するとは、なんて奴だろう。いや、太郎なんかに見惚れていた自分はどうなのだ。しかしそこらの芸能人など目ではない、強烈なチャームを発していたのは確かだ。高山ユージや浦木聡では絶対に敵わない。

気を取り直してショップを見て回っている間も、やたら販売員が擦り寄ってくるし、なにも買わずに出ようとしても愛想がいい。買い物をしたショップの店員など、太郎がブランドのモデルになってくれればいいのにと、何度も繰り返し言っていた。ブランドショップならそれなりにプライドがあるはずで、たぶんリップサービスではない。

一般客にもたびたび声をかけられた。いわゆる逆ナンというやつだ。修司も経験がないわけではないが、一日に、しかも短時間に複数回というのは初めてだった。

休憩に入ったカフェで、修司はアイスコーヒーを飲みながらため息をつく。

「すげえのな、おまえ」

「え？　なにが？」

太郎は大きいサイズのグラスの中身を、一気に半分ほど啜《すす》って顔を上げた。

「なにって、人気者ですねってことだよ」

「ああ、なんだかね。変なの」

鼻にかけるどころかまったく気に留めてないところが、逆に小憎らしい。

「スカウト断っちゃうし」

「俺なんか無理に決まってるじゃん。修ちゃんのほうがよっぽどかっこいいのに。みんな、見る目ないなあ」

「……嫌味にしか聞こえないんだけど」

「なんで！」

カウンター席の隣から、太郎が身を乗り出してくる。

「修ちゃんはすごく魅力的だよ。俺、修ちゃん以上の人に会ったことない。念願叶《かな》って再会できて、ほんとに嬉しいんだ」

喋りながらじわじわと距離を詰められている気がして、修司は仰《の》け反《ぞ》り気味になる。

「ちょ、太郎……」

だいたいこんなところでなにを言い出すのか。頓着《とんちゃく》しない太郎の声は大きくて、店内の客にも聞こえているらしく、ちらちらと視線が注がれた。

「おまえね、そういう言い方は誤解を招くって。帰国子女だからしかたないのかもしれないけどさ。ガキのころは面倒見てやってたし、憧れの兄貴分だったのはわかってるよ、うん」

だからつい修司も言いわけのような説明台詞を口にして、グラスの氷をストローで掻き回した。そうでもしなければ誤解される。電車の中のように、好奇の目で見られるのはごめんだ。

「本心で言ってるのに」

太郎は唇を尖《とが》らせて、アイスコーヒーの残りを吸い込んだ。

また、人の苦労を無にするようなことを……蒸し返すなよ。

「それより、もう買い物はいいのか？　まだひと揃《そろ》いくらい買えるぞ」

ここはもう話題を変えるに限ると、修司は水を向けた。

受験の面接用にジャケットとパンツ、他にシャツを二枚とローファー、パーカーを買った。出かける前にざっと太郎のワードローブを確認したが、もう一枚くらい洒落《しゃれ》たアウターがあってもいいように思う。

ちなみに修司はちゃっかりと、コーデュロイのブルゾンを手に入れた。スモークブルーがいい感じだ。

「もういい。ね、あれ開けていい？」

「ん？　ああ」

飼い主の許しを得た犬のように、太郎はいそいそと小さな包みを開いた。

来日してそれまでの携帯が使えなくなったので、数日前にスマホを購入したのだが、慣れないせいかすでに何度か落としている。だから修司がケースを買ってやった。

スマホにケースを装着した太郎は、目線の高さに上げて目を輝かせ、次に修司を振り返る。

そんな仕草《しぐさ》もやはり犬のようで、修司は吹き出した。

「なに？」

「いや、なんでも。ていうかどうなの、そのデザイン。せめて星条旗にしとけばよかったのに」

太郎が選んだのは、日の丸だった。アレンジもなにもなく、まさに白地に赤く、というやつだ。

やはりセンスというものが不足している。今日だって修司がつきあわなかったら、妙な服を買い込んだに違いない。

「そう？　いいと思うけどなあ。ありがとう！　大事にするね」

熟視するほど凝った図案ではないのに、いつまでも上機嫌でスマホを眺めている太郎に、まあ、素直なところは可愛くなくもないかなと思った。

黙って立っていれば、ボロTシャツも気にならないほど素材が光るイケメンで、周りが放っておかないくらいなのに、本人の意識がほぼゼロだ。やたら鼻にかけるのもいけ好かないが、無頓着すぎるのもどうなのだろう。

……ていうか――。

ちらりと目を向けると、待ちかまえていたように目を合わせてきた太郎が、ニコーッと笑う。

ほんとにこいつ、俺が好きだよなー。

他人事のように思ってしまうというか、感心する。頭の中の半分が修司で占められているのではないかと思うくらいだ。

しかし誰もが振り返る太郎が自分にまっしぐらというのも、悪い気はしない。誤解を招くような言動がなければ、だが。

鎖国時代ならいざ知らず、現代でアメリカと日本の生活様式がそう違うはずもないのだが、やはり小さな齟齬《そご》は発生する。

買い物の帰り、あまりに荷物が多かったので駅からタクシーに乗ったところ、ドアが開く前に太郎は自分で開けようとして、運転手をぎょっとさせた。降りたときも閉めようとして、

「こっちでやりますから！」と叫ばれていた。そういえば向こうのタクシーは、客がドアを開け閉めするものだったと、修司も思い当たる。

他にもたとえば玄関ドアが外側に開くのを忘れてしまうようで、太郎はたびたび力を込めてドアを押そうとする。スリッパのまま外に出ようとするのもよくあることだ。

それらは直接修司に影響があることではないので、見かけたらニヤニヤ笑って指摘する程度なのだが、専業主婦として掃除にも余念がない母は、そのたびに太郎を叱《しか》り飛ばしているようだ。

「太郎ちゃん！　ドアを壊さないで！」

「太郎ちゃん！　家の外と中では履物が違うでしょ！」

しかしその晩、修司にも火の粉が降りかかった。

風呂《ふろ》で頭を洗っていると、洗面所のドアが開く音がした。風呂場のドアは擦りガラスだから、電気もついているし使用中なのはわかるだろうと思ったが、一応声を張り上げておく。

「入ってるよー」

それきり気にせず、シャワーで洗い流そうとしたところ、背中から尻にかけてすうっと冷えた。ドアを開けたときに、浴室の暖気《だんき》と湿気が抜けていくあれだ。

「んあ？　なんだよ、入ってるってば」

母が、風呂を出たら夕飯をすぐ食べるのかと訊きに来たのかと思ったが、なにも聞こえない。

シャワーの音で遮られたわけでもないだろう。しかし、依然としてドアは開いているようだ。

「寒いだろ」

まだ泡を落とし足りなかったが、文句を言おうと振り返ると、そこにいたのは太郎だった。しかも裸で、腰にタオルを巻いてはいるがガタイがいいものだから、ギリギリ隠せているかどうかという具合だ。いや、位置関係で、裾《すそ》の陰からなんとなく形状が窺えるような――。

「なっ、なんだよ！　入ってるってば！」

修司のほうは隠しようもなくすっぽんぽんなわけで、思わずシャワーを向けてしまう。さあっと飛沫《ひまつ》が太郎にかかり、濡れたタオルは隠している意味がないくらい、その下のフォルムを浮き上がらせた。

でかっ……。

オスの本能かなにかなのか、相手が自分より優れていると判断すると、危機感のようなものが襲ってくる。しかし狭い浴室のことで、壁にへばりつくしかない修司に、太郎は濡れた髪を掻き上げながら、洗い場へ足を踏み入れた。

「ちょっ、まだだろ！　出るまで待ってろよ！」

「背中流しに来た」

「はあっ？」

声を裏返らせた修司に、太郎は当然のように返す。

「日本ではやるだろ？　映画で見たことある」

どうでもいいが、なにをそんなに凝視しているのか。どうせ自分と比べて貧相だとか思っているに違いない。

「やらねえよ！　そういうのはよっぽど広い銭湯でとか……いや、今どき銭湯でもない。部活の合宿でだってやってねえよ。いつの映画だよ」

「そうなの？」

「そうなんです！　だいたいこんな狭いとこに野郎がふたりもいられるかよ。自宅風呂っては、基本おとな一名が定員なんだって。おい、こら、聞いてんのか？　あっ、くっつくな！」

無視して修司の背後にしゃがみ込んだ太郎は、スポンジを泡立てて背中に擦《こす》りつける。身体を洗われるなんて子どものとき以来で、しかも覚悟もなくそんな状況に見舞われた修司は、異様な感触に背中をくねらせた。

「うひっ、ばかこの……っ、いらねえって言ってんだろ！　いてっ、膝！　膝が押してるって！」

「修ちゃんが暴れるからだろ。じっとしてなよ」

「だからおまえが――ああっ、染みる！　シャンプーが……」

素早く濡れタオルが差し出された。

「はい、目に当てて。修ちゃんが教えてくれたんだよね。濡らしたタオルを当ててるとシャンプーが染みないって」

なにをそんなガキのときの話を持ち出してんだか。元はといえば、おまえが乱入してきたせいだろうが。

ここまで来てしまうと、もう追い返すのも面倒になってきて、修司は椅子《いす》に真《ま》っ直《す》ぐ座り直した。落ち着いて身を任せると、適度な力で背中を擦られること自体は、なかなか気持ちがいい。

太郎も自分からやりたがったくらいなので、念入りにじっくりと擦ってくれている。

「あー、悪くないかも」

これが彼女とかなら、もっといいのだが。そのうちちょっかい出し合って、あれよあれよという間にエッチになだれ込んだりして──。

……まあな、今はそんな相手もいないわけだけどさ。

高校時代は彼女がいて、初体験も済ませているが、進学先が分かれて遠距離になって自然消滅した。航空宇宙学科は九割以上が男子で、新しい相手も見つからない。まあそれはそれで、男ばかりでも楽しくやっているのだが。

ん……？　なんだこの音？

背後から妙に荒い鼻息が聞こえ、修司は濡れタオルから顔を上げる。

「太郎？　どうした？」

やはり狭くて窮屈なのだろうか。修司は椅子に座っているが、太郎は無理な体勢でしゃがみ込んで、壁や浴槽にぶつからないように手を動かしている。

「修ちゃんの背中きれいだなあ。背骨が真っ直ぐに浮いてて……この骨がいいよね。かわいい」

項《うなじ》の下の出っ張りを指で押されて、さすがに素手はやめろと言おうとしたが、それより早く大きな手で首根っこを揉《も》まれ、その心地よさにため息が出た。

「う……効くなあ。マッサージ付きかよ」

そんなに強くはないのだが、まだ余力があると感じさせるのがいい。全力で必死に揉まれると、気を使ってしまって任せられない。

しかし泡まみれの肩を揉むのは無理があったらしく、何度か指を滑らせたので、修司は太郎の手を押し返した。

「もういいよ。ていうか、背中ももういい。あとは自分でやるから、その間おまえ、湯に浸《つか》かってれば？」

本音を言えばひとりになりたいところだが、さすがに追い出すのは気が引けたので譲歩する。

「え、全部洗うよ」

言い返す太郎の息が、やはりどうも荒い。太郎を疲れさせてまでやってもらうことでもないし、背中はともかく前まで洗ってもらうなんて聞いたことがない。

「ばっか、おまえ。そこまでするか」

とにかく修司はいったん太郎を湯船に追いやるべく、ざっとシャワーをかけてやろうと立ち上がった。きっと自分も泡だらけになっているはずだ。

「ほら、流して――」

シャワーの栓を捻《ひね》って振り返ると、座っていた太郎が目を見開く。ちょうど目線が修司の腰の辺りだったので、至近距離でブツを見られた。

「あ、悪い――うわああっ！」

太郎の両方の鼻の孔《あな》から血がつうっと流れたのを見て、修司は絶叫する。

「太郎っ！　鼻血！」

「へ……？　あ、あっ……」

慌てて手で覆う太郎に、修司は持っていたタオルを押しつけた。

「手じゃだめだって！　これで押さえて」

「しゅ、修ちゃん、自分で……自分でやるから」

「だいじょうぶかよ？　どっか具合が悪いのか？」

「いや、ちょっと……あの、ほらっ！　日本のバスって熱気がこもってるから！　べつになんともないから！　あ、でも、先に出るよ！　じゃっ！」

太郎はそう言って、逃げるように浴室を飛び出した。すっかり濡れた腰のタオルは、貼りついているだけで用をなさず、修司の目に剥き出しの尻の残像が居座った。

「なあなあ、最近は太郎ちゃんの面白い話ねえの？」

学食で向かいから大橋《おおはし》に訊かれ、修司はうどんを啜りながら首を振った。風呂での一件を含め、生活環境の違いから起きた些細《ささい》なエピソードを面白おかしく語るうちに、今や修司の友人の間で太郎は有名人だ。

「いや、特にないかな。けっこう順応性高いよ。もともと日本生まれだしな。ふつうにひとりで出歩いてて、問題もないっぽい」

相変わらずスカウトやらナンパやらはあるようだが、本人はまったく関心がなくてスルーなので、家で話題に上がることもない。

未だにおやっと思うのは、自室に鍵《かぎ》をかけることくらいだろうか。個人主義、プライベート重視のアメリカ育ちならではなのだろうが、ちょっと声をかけながらノブを捻って、施錠されているとやはりどきりとする。

もっともすぐに返事があってドアが開くので、もちろん太郎のほうに拒絶の意思は微塵《みじん》もなく習慣にすぎないのだろう。

母は他人行儀で寂しいとか、部屋の掃除もしたいのにとか修司に愚痴ったが、自宅で預かっている甥っこだからと無遠慮に入り込むのもどうかと思うと返しておいた。たまに覗《のぞ》く室内は特別散らかってもいないし、ゴミを溜めたり悪臭がしたりということもない。

太郎も年ごろの男なのだから、母が勝手に踏み込んで都合の悪い場面に出くわしたりしたら、互いに気まずい思いをする。

大橋は親子丼を食べ終えて箸を置くと、お茶のおかわりを注いだ。

「ふーん。あれは笑えたのにな。風呂場で鼻血吹いたってやつ」

「向こうはシャワーが主流らしいからな。温泉とか耐えらんないんじゃね？」

「温泉かあ。銭湯とか連れてってみれば？」

「なんでわざわざ。めんどくせえよ」

鼻血で済まずにぶっ倒れでもしたらどうするのか。あんなでかい野郎を介抱するなんて嫌だ。というか無理だ。

「そんじゃ、俺が連れてってやるかなー。紹介してくれんだろ？　あ、そういやそろそろ入試じゃねえの？」

なぜそんなに太郎に興味を持つのだろうと思いながら汁を飲み干した修司は、「あ」と顔を上げた。

「そういや今日、合格発表だった」

「なんだよ、家族代わりのくせに冷てえな。もっと気にしてやれよ」

「帰国子女枠の入試なんて、書類審査でOK出て、試験はほとんど形式だけだろ。向こうでの成績はよかったみたいだから、心配ないって」

そう言ってお茶を口にしたが、気がついてしまうと気になる。

発表っていっても、貼り出されるわけじゃないよな？　学生課に訊きに行くのか？　でも、本人じゃなきゃ無理だよな……受験番号とか……。

そこに携帯の着信があり、修司は慌ててディスプレイを見た。太郎からだ。

「もしもし！」

素早く携帯を手にした修司を見て、大橋がニヤニヤしている。

『あ、修ちゃん？　合格！　合格したよ！』

「そうか！　よかったな！」

思わず場所も忘れて声を張り上げてしまい、周囲の注目を集めてしまった修司は、はっとして口もとを手で覆う。親指と人差し指で輪を作って訊いてくる大橋に頷いていると、電話の向こうで太郎が叫んだ。

『あっ、修ちゃん見っけ！』

「え——？」

声はたしかに電話から聞こえたのだが、反対の耳からも微妙にずれた生の声を拾ったような気がしたのだ。

「え……？　なにおまえ、どこに——」

立ち上がって学食内を見回すと、飲料自販機のコーナー前にひときわ長身の姿があった。Tシャツにチェックのシャツを羽織《はお》り、下はダメージデニム、さらにリュックというイケてない大多数の学生と似たような格好でありながら、いい具合にブレンドされた西洋の血が中身を引き立てている。

すでに修司にとっては見慣れた姿だが、周囲はそのイケメンぶりに目を奪われていた。すぐそばにいる女子学生など手にしたトレイが斜めになって、ランチの皿が滑り落ちそうだ。

「おっ、あれが太郎ちゃん？　すっげーイケメンハーフ！」

「あ、うん——うおっ……？」

「修ちゃーんっ！」

太郎はスマホを握った手をぶんぶん振りながら、こちらへまっしぐらに向かってくる。モーゼのごとく進行方向が開けていくものだから、太郎の前進速度も上がり、もはや修司のほうは突進されるような心地だ。

「ちょ、待て、太郎！　走るなっ——」

「修ちゃんっ！」

学食がどよめきに包まれる中、修司は太郎にがっちりと抱きしめられる。両腕ごとホールドされて、身動きもままならない。

「なに？　ホモ？」

「えっ？　ホモカップル？」

ちげえよっ！

耳に入ってくる囁《ささや》きを全否定しながら、修司は叫んだ。

「放せってば！　人前でなにすんだ、おまえは！」

「だって俺、嬉しくて！　これで来年から修ちゃんと大学へ通えるね！」

「やっぱホモ？」

ヒソヒソ声に、このままではこれからの大学生活が苦行になると、修司は大声で返した。

「ああ、俺も嬉しいよ！　従兄弟のおまえが帰国子女枠で合格できて！　アメリカ人の喜び方は派手だなあ！」

「え？　血縁ホモ？」

「違うんじゃね？」

「なんだ、違うのか」

周囲の言動の中、すぐ横で吹き出したのは大橋だ。

「すげー棒読み」

それでも加勢してくれる気になったのか、おもむろに席を立つと太郎から修司を解放してくれた。

「はいはい、無駄に注目を集めるのはやめようねー。太郎ちゃん？　初めまして、お噂はかねがね。大橋啓太《けいた》です、よろしく」

大橋の差し出した手を、太郎は反射的に握った。

「あ……、ジェンキンズ太郎です。初めまして」

「合格だって？　おめでとう。同じ航空宇宙学科だよな？　なにかわからないことがあったら、いつでも訊いて。空木《うつぎ》より俺のほうが優秀だから。なあ、空木」

徐々に周囲の関心は離れていったようだが、暴力的なまでにホモホモと囁かれたせいで、修司のハートは痛めつけられていた。

なんなんだよ……目立たず楽しくやってきてたのに、なんの非があってこんな辱《はずかし》めを受けなきゃなんないんだ……。

ただでさえ女子率の低い学科で、出会いがほぼ皆無だというのに、この上同性愛者だなんて噂が出たりしたら、残りの学生生活も独り身のままになってしまう。いくら男だけでつるむのが気楽で楽しいといっても、彼女が欲しくないわけではないのだ。

「修ちゃん……？」

そんな修司の心中などまったく解していない太郎は、きょとんとした目を向けてくる。また も助け舟を出してくれたのは大橋で、太郎に噛んで含めるように伝えた。

「あのね。日本ではまだまだ男同士のハグは浸透してないから。人前で抱き合ったりすると、恋人同士と間違えられちゃうからねー」

「えっ、そうなんですか!?」

驚く太郎だったが、微妙に食いつき方が違う。

「じゃあ今ので、俺と修ちゃんは恋人同士だと思われたってこと？　いやあ、そんな……」

困っているというよりは、明らかに照れている。

「好かれてんなあ、空木」

呆れたような大橋の呟きに、修司は力なく頷いた。

たしかに好かれている。ありがた迷惑なほどに。


とにかくとっとと帰って母や実家にも報告しろと、太郎を追い返そうとしたのだが、

「電話しておくよ。待ってるから一緒に帰ろう」

と粘られ、けっきょく四限の講義が終わるまでどこかで時間をつぶしていたらしい太郎と帰宅した。別れ際に大橋が、慰めるように修司の肩を叩いてきた。

「伯母さん、ごちそう作って待ってるって。天ぷらリクエストしといた」

「ああ、そう……」

修司のノリが悪いせいか、鈍い太郎もさすがに昼間の行動がまずかったと気づいたようだ。自宅を目前にして、足を止める。

「修ちゃん？　ごめんね、大学で。みんなの前でハグしたのはまずかったよね」

「え……ああ……」

「揶揄われたりするの、嫌いだもんね」

「あー……いや」

たしかに太郎の言動に腹を立てていたはずなのに、いざこんなふうにしゅんとされて謝られると、いつまでも根に持っている自分のほうが悪いような気がしてきてしまう。生活環境の違いからなら、しかたのないことではないか。

「俺、嬉しくて……修ちゃんも頑張れって言ってくれてたし、真っ先に知らせたかったから。学食にいたの見つけて、つい――」

そうだよ、めでたい合格の日じゃねえか。従兄として大学の先輩として、祝ってやらなくてどうするよ？

「もういいって。気にすんな。人前でやることじゃないって、わかりゃいいよ。ほら、早く帰ろうぜ。おふくろ待ってるから」

そう言って背中のリュックを叩いてやると、太郎は叱られた犬のような表情から一転、ぱあっと顔を輝かせた。

単純だな。ていうか、ここまで懐かれると、やっぱ可愛いかも。

なんて思ってしまったので、つい言い添える。

「合格祝い、なにがいい？」

「えっ、くれるの？」

尻尾があったら、きっと盛大に振りまくっているのだろう。

「高いもんは無理。実験とレポートが忙しくて、バイト辞めちまったし」

「なんでもいい！　修ちゃんがくれるならなんでも！」

「わかった。今度の休みに買いに行こう」

図体が大きいだけで中身は昔のまま、せいぜい小学生だ。そう考えれば、すべて許せるような気がした。

玄関のドアを開けると、クラッカーの破裂音に迎えられ、先に立っていた修司は声を上げて後ずさる。

「太郎ちゃん、合格おめでとう！」

エプロン姿の母が上がり框で万歳しているのを、修司は太郎にしがみついて凝視した。

「びっくりさせんなよ！」

「あらー、なんで修司が先なの。マナーがなってないわねえ」

「なんだよ、マナーって。レディファーストか？　どこにレディがいんだよ？　だいたいなん支えていた太郎の腕を押し返して、クラッカーから飛び出した蜘蛛《くも》の糸のようなテープを払いのける。

「買ってきたのか？　久しぶりに見たぞ、こんなもん――」

「太郎ちゃん、さあ早く上がって！　もうね、伯母さん腕に縒《よ》りをかけて美味しいもの作ったから」

母は文句を言う修司を押しのけるようにして太郎の手を引くと、ふたりで先に廊下を進んでいく。修司のことは完全に無視だ。

「アメリカにもさっき電話したのよ。由利恵も喜んでたわ」

……まあね。いいけどね。

クラッカーの残骸《ざんがい》を丸めてゴミ箱に放り込み、向かったリビングでは、たしかに食卓にところ狭しと皿が並んでいたが――。

「……なんだ、これは！」

一瞬、幼稚園の教室に紛れ込んだのかと思った。壁には折り紙のチェーンが弧《こ》を描《えが》いて垂《た》れ下がり、間に薄紙を折り畳んで作った花が留められている。色模造紙には『太郎ちゃん合格おめでとう！』と古臭い飾り文字で書かれ、動物や花の折り紙が貼りつけられていた。

「修ちゃん、すごいよね！　伯母さんがひとりで作ったんだって」

だ、これは」

「絶対合格すると思ってたから、毎晩少しずつ用意してたの」

喜んでいるらしい太郎と得意げな母の様子に、どちらもどういうセンスをしているのだろうと、修司は思わずにはいられない。

「そうそう、これ！　すごいのよ！」

食卓の真上に、天井からテニスボールくらいの金色の球がぶら下がっていた。百均で売っている薬玉《くすだま》だろう。

「引っ張ると、合格おめでとうの垂れ幕が出てくるの！」

それは先に言っていいものなのか……？

「ええっ、すごーい！　引っ張っていいですか？」

「もちろん。あ、待って待って！　写真撮らなきゃ。ちょっと修司、早く用意して！」

素で盛り上がっているふたりに置いてきぼりを食らった修司は、渋々スマホを向ける。

「あっ、私も写っちゃおうかしら。はい、チーズ！」

パコッと間抜けな音を立てて開いた薬玉から、ひょろりと垂れたメッセージを間に、笑顔のふたりにシャッターを切る。

こんなもん、俺のメモリには保存しとかねえぞ。転送したらさっさと消してやる。

「俺、修ちゃんとも撮りたい！」

「あ、そうね。そうしましょ」

太郎のスマホを受け取った母に急かされて場所を交替すると、太郎にぐっと肩を引き寄せられた。

お？　こいつ力あんな。ていうか、顔近いって。

先ほどのことなど、すっかり忘れてしまったのだろうか。しかしまたそんなことで文句を言って、祝いの場を白《しら》けさせるのも無粋なので、笑って写真に収まった。

ビールとウーロン茶で乾杯をし、料理に手をつけて間もなく、母の携帯が鳴った。

「あ、孝明さんからだわ！　うふふ、さっきメールしておいたの。はい、もしもし――」

いそいそと席を立ってリビングの隅へ移動する母を横目に見ていると、太郎と視線が合った。

「ほんとに仲いいね。伯父《おじ》さんと伯母さん」

「よすぎだよ。いくつだと思ってんだ」

そうは言っても、けんかされるよりはいいのかもしれないと思いながら、修司はエビの天ぷらにかぶりついた。

「えええええっ！」

絶叫に近い母の声に、修司と太郎は腰を浮かせる。

「だいじょうぶなのっ？　ああ……どうしよう。え？　あ、病院……そうね、はい。中京聖和病院――あ、ちょっと待って！」

病院と聞いて、修司も母のそばへ駆け寄る。

「修司、孝明さんが……私、行かなきゃ……」

「ちょっと替わるから貸して。親父なんだろ？　もしもし、俺だけど——」

電話の声は父で、いつもとさほど変わらなかった。少しきまりが悪そうに、交通事故に遭って入院したと伝えてくる。しかし自分で電話できるなら、そう重傷ではないのだろう。

「そう。で、けがは？」

『右手右足の骨折だ。治るまでまあ二か月くらいかな』

実際に状況を聞いてほっとしつつも、いっぺんに片足と利き腕が使えなくなっては不自由だろうと思う。

事故は車対歩行者の父という状況で、過失は先方にあるらしい。それでも保険や病院の対応など、ひとりでは大変だ。

修司は父と話しながらちらりと目を上げる。先ほどから母が「今から行くって言って！　まだ新幹線あるから！」とかなんとか声を上げていて、それを宥めるのに太郎が苦労している。

……まあ、あまり役に立ちそうじゃないけど。ていうか、逆に親父に余計な負担がかかりそうだけど……。

しかしあの調子では、母が納得しないだろう。

「あのさ、おふくろがそっち行くってきかないんだけど、付き添いとかはどうなの？」

『ん？　ああ、そうだな——』

まんざらでもなさそうな声からして、どうやら父のほうも母を呼び寄せたい様子だ。出会って二十二年になるはずだが、彼らは今も熱烈に相思相愛《そうしそうあい》中なのだ。

そもそもの出会いは、母が就活中に遡《さかのぼ》る。会社訪問の際に社内で父とすれ違い、互いに一目惚れしたという。母曰く、「周りがぼうっと霞《かす》んで、孝明さんだけがくっきり浮かび上がって見えたの」だそうだ。

その場で書類を取り落とした母に、父が拾って手渡してくれ、連絡先を取り交わして交際スタート。母の卒業を待って婚約、その年に結婚という、就活が婚活に早変わりした話だ。

とにかく、両者の意見が一致しているなら話は早い。

「付き添いOKなんだね？　じゃあ、明日の朝一で送り出すから――」

「今日行くわ！　今すぐ！」

「もう、うるせえな。準備だってしなきゃだろ。親父が持ってきてほしいものとかも、聞いて揃えて――」

「伯母さん、支度手伝います！　すぐ始めましょう！　駅まで送るし」

太郎が母を急かしてリビングを出ようとするのを、修司は慌てて呼び止めた。

「おい、今からじゃそうとう急がないと無理――」

「だって！　少しでも早く会いたいに決まってるよ。愛し合ってる人がけがしたんだから」

「うっ……」

単純な太郎は、母の心理に同調してしまったらしい。現実問題として名古屋に着くのは夜半近くなり、病院に押しかけても迷惑だとかは思い至らないらしい。

しかし二対一では修司に引き止められそうになく、ため息をつきながらスマホを耳に当て直す。

「聞こえた？　今夜行くって」

『おお、そうか。看護師さんに言っとくよ』

心なしか弾んで聞こえる声に、二対一でなく三対一だったと修司は気づいた。

身の回りの品だけスーツケースに詰め込んだ母は、送っていくという修司たちを振り切って、タクシーを呼びつけて家を出た。

嵐のような小一時間が過ぎ、たいしたこともしていないのにぐったりしてリビングに戻ると、途中になった食事が残っていて妙な満腹感に襲われる。

「ああ、メシ食ってたんだっけな。俺はもういいけど、おまえ食べたら？」

「ん、俺もだいたい終わってるからいい」

その返事に修司は力なく頷き、片づけを始めようと皿に手を伸ばす。

母が不在ということは、こういった家事全般も自分の身に降りかかるということだ。生まれたときから専業主婦の母がそばにいたので、自慢ではないが家の手伝いはほとんどしたことがない。自室を掃除するくらいだ。

洗濯は洗濯機がやってくれるし、問題はメシだよな。

修司が作れるのはチャーハン止まりだ。カレーくらいなら、箱の説明書きを見ながらなんとかなるかもしれないが。

そうなると食卓の残りも貴重に思えてきたので、とりあえず確保しておこうとラップを手にする。

「それ、明日食べないなら冷凍したほうがいいよ」

「ん？　あ、そうか？」

「俺やるから」

修司からラップを取り上げた太郎は、ミートローフをきっちりと包んで、どこから見つけたのかファスナー付きの袋に入れた。

「天ぷらは明日、あっためるか卵でとじて丼にしようか。それでいい？」

「お、おう……」

……なんか、ずいぶん手際がよくないか？

呆然と眺めている修司の前で、すべての料理が冷蔵室や冷凍室に収まり、空になった皿がシンクへ運ばれた。

「……あ、悪い。洗い物は俺やるよ」

慌てて駆け寄ったものの、すでに太郎は皿を洗い始めている。

「いいよ、ついでだから」

のんびりした口調とは裏腹に、てきぱきとした動きだ。

「なんか……びっくりした。冷凍とか冷蔵とか、詳しいのな」

「ハイスクール時代、飲食店でバイトしてたから」

そういえばけっこうな額を稼いで、自ら来日資金を蓄えたと母から聞いていた。

「へえ……俺なんかメシもほとんど作れねえよ」

「そうなのっ？」

いきなり振り返った太郎は、どういうわけか目を輝かせた。

「俺、けっこうレパートリーあるよ。味も悪くないと思う。食事は俺に任せてよ。修ちゃんは大学があるんだし」

勢い込んで訴える太郎に、修司はやや圧倒されながら頷いた。

な、なんだ……？　あ、もしかして料理が趣味とか？

昨今の日本では料理男子がもてはやされているし、アメリカでもそうなのかもしれない。うちの台所は母が仕切っているから、実は手持ちぶさただったのだろうか。料理をする人間は、他人が作ったものに触発されるとも聞く。

「そ、そうか？　そうしてくれると助かるけど……あ、でもうちで責任持って預かるって言ったのに、これじゃ逆だよな」

「そんなことない！」

太郎は泡だらけの手を振り上げた。

「修ちゃんに喜んでもらえたら嬉しいし、認めてもらえるチャンスだし」

認める……？　チャンス……？

首を傾げた修司に、太郎は「なんでもない！」と皿洗いを再開した。

「とにかく家事は任せてよ。修ちゃんはこれまでどおりにしてればいいから。ふたり暮らし、頑張らないとね！」

まあ一時的な措置ではあるし、落ち着いたら母も戻ってくるだろうから、しばらくは太郎の厚意に甘えさせてもらおう。


そんなふうに始まったふたり暮らしは、予想以上に快適だった。太郎は母のペースを踏襲《とうしゅう》しつつも適度に息を抜いた采配《さいはい》で家事を切り回し、同年代ということもあってかその具合が修司に合っていた。

ことに料理の腕はなかなかのもので、ときどき食卓に並ぶアメリカの家庭料理が目新しくていい。

「あっちだと、この倍くらいチーズが入ってるんだけどね。たぶん修ちゃんにはヘビーだから減らしてみた」

と言って出してくれたチーズマカロニは濃厚だったが、副菜のポジションだったので量も少なく適度な満足感だった。

日本人の母を持っているので、和食もそつなく作る。いや、そつなくどころではない。自家製だというタラの味噌《みそ》漬けを焼いて出されたときには驚いた。

「旨いよ、これ……」

「そう？　よかった。アメリカで作ったのよりいい感じ。魚がいいからかな？」

「いや、味噌の配合がいいんだろ。帰ってきたら、おふくろにも教えてやって」

名古屋に行った母からは、初めは一日に何度となく連絡があったものの、十日を過ぎた今では一日に一回あるかないかだ。それも病室でのツーショット画像など送ってきて、付き添いというよりは旅行でも楽しんでいるかのようだ。

父のけがも深刻なものではなく、ゆっくり養生すれば元どおりに回復するらしい。

風呂を終えて自室に引っ込んだ修司は、ベッドの上に畳んで置かれていた洗濯物をチェストに仕舞いながら首を傾げた。

「あれえ……？」

つい独り言が洩《も》れる。

パンツ、もう一枚なかったっけ……？

母は毎日洗濯機を回していたが、ふたりだとそれほど量もないし、少しでも太郎の手間が省《はぶ》ければと、洗濯は数日に一回でいいと言ってある。だから、複数の下着が洗い上がって戻ってくるわけなのだが——。

基本的に無地の下着を選ぶので、似たような色合いのボクサーパンツばかりで、どれがなくなったとは言い切れないのだが、なんとなく総数が減っている気はする。

気のせいかな……？

なにげなく顔を上げると、いつの間にかカーテンが閉められていた。太郎が洗濯物を置くついでに引いてくれたのだろう。

両親の寝室は一階にあり、太郎が来るまで二階の住人は修司だけだったせいか、太郎と違って部屋に施錠するどころか、ドアをちゃんと閉める習慣もない。隣の部屋から太郎が出てきたのがドアの隙間《すきま》から見え、修司は声をかけた。

「あ、太郎。もしかして俺のパンツ、おまえのとこに紛れてたりしない？」

「えっ？」

風呂に向かうところだったらしい太郎は、はっとしたように手にしていた着替えに視線を落とした。

「いやいや、それじゃなくて、洗濯もの畳んで置いといてくれるだろ。そのときにごっちゃになったりしてないかな、って」

「あ……ああ。ないと思うよ。修ちゃんと俺とじゃサイズも違うしね。見つからないの？」

「そっか。いや、ないってわけでもなくて……気のせいかな？　悪い、引き止めて。風呂入ってこいよ」

やはり勘違いのようだと思ってその場は過ごしたのだが、翌日チェストの抽斗《ひきだし》の閉まりが悪いのに気づき、修司はいったん抽斗を抜いて、奥を覗き込んだ。ぞんざいに詰め込んでいるので、ソックスが二足ほど抽斗から転がり、それが奥でじゃまをしていたようだ。

しかし下着は落ちていなかった。ついでに抽斗の整理をすることにし、アイテム別に畳み直していたところ、ふと思い出す。

あれ……？　柄パンがなくね？

何枚かは柄物の下着を持っているのだが、使用頻度が少なく、結果的に奥へ追いやられていく。紺地に花柄の下着があったはずなのだが、それが見つからない。

どっか別なとこに入れたかな？　でも、パンツはここなんだけどなー……。

なんだか連日パンツを捜しているような気がすると思いながら、修司は首を傾げた。

「下着泥棒じゃん」

大橋の言葉に、修司は眉を寄せる。

「男のパンツを?」

「ないとは言い切れないだろうよ。どうしようもなく欲求不満のオバさんかもしれないし、あ、オジさんの可能性もあるか」

「なんで年寄り限定なんだ。キモいな。俺を見初《みそ》めた超美少女の線はねえのかよ?」

「望み薄。あ、あとホームレスが着替えに拝借したとかな」

完全に楽しんでいる大橋の脚を、修司は講義室の机の下で蹴った。

「ま、盗まれるのが嫌なら室内干しにすれば? どうせ太郎ちゃんに任せてんだろ。そうお願いしろよ」

大橋にそう言われて、今さら修司は気づいた。

「……うち、乾燥機付きだ。おふくろが吟味《ぎんみ》して買ったドラム式のやつ。外には干してねぇよ」

「えっ……」

大橋の顔から笑みが消える。

「柄パンはずっと穿《は》いてなくて、洗濯にも出してないし」

「……それって、家の中からものがなくなったってことだろ。つまり下着泥どころじゃなくて——」

「いやでも、ないのはパンツだけだと思う」

「よく調べたのかよ？　おまえのことだから、気がついてないだけじゃねえの」

そう言われると、自信がなくなってきた。特にリビングなどは気にしたこともない。母がしょっちゅう小物を飾ったり引っ込めたりするので、正確なところも把握できていなかった。留守を預かってる身で、いつの間にか泥棒に入られてました、なんてことになったら……ていうか、気持ち悪いし。

修司の顔が引きつったのに気づいてか、大橋は慰めるように肩を叩いた。

「ま、帰ったらちゃんと調べてみろよ」

――というわけで、講義を終えた修司は一目散《いちもくさん》に帰宅した。まだ夕刻前だったので、太郎は買い物に出かけているようだ。

戸締りはしっかりしてある……な。壊れてるとこもないみたいだし。

自室に鍵をかけるくらいだし、アメリカ育ちの太郎は修司よりもずっと危機管理に敏感だ。

まずは一階から調査に入る。特になくなっているものはないように思う。母から貴重品や通帳の場所は聞いていて、それらに異常がないことも確認した。

金目のものに関しては無事なようだと安堵しながら、階段を上がる。自室のチェストはすでに見てあるので、クローゼットを開けた。毎日のように衣服を出し入れしているから、ここも変化があれば気づくだろう。

書棚代わりの棚には細かな雑貨が適当に乗っていて、正直なところなくなっていても気づかない可能性も高かったが、一応端からチェックしていく。

えっと、ここは――。

棚の下の開き戸は、ちょっと剥き出しで置いておくのが憚《はばか》られるものが入っている。エロいDVDとかゴムとかオナホとか。

一応確認しておくかと中身を掻き出したところ、修司は唇を引きつらせた。

……ない。

いったん気を落ち着けてもう一度確かめたが、やはりない。未使用のオナホがない。

……パンツとオナホってどういうことだよ？

危険を冒して忍び込んだ泥棒が、金目のものに目もくれず、そんなものを盗んだというのだろうか。ありえない。つまり一般的な窃盗の線はナシだ。

オナホを盗むなんて、ガキの仕業じゃねえか。つまり――。

犯人は太郎――ではないのか？

下着の件は盗られたのか紛失かよくわからないが、オナホに関しては絶対にここにあったはずで、外部侵入の可能性も低い以上、消去法で太郎に疑いをかけても無理はない。

それに太郎は洗濯物を置いたりと、修司の部屋に出入りしている。なんの気なしに物色したらオナホを見つけて、思わず持ち帰ったと考えられないか？　純粋に自分で使ってみたかったのか、なくなったことに気づいて焦る修司の反応を見たかったのか、理由は定かではないが。しかし、黙って持ち去るというのはどうなんだ。たとえモノがモノで「ちょうだい」と言えなかったとしても。親しき仲にも礼儀あり、いや、勝手に持っていくのは礼儀以前の問題だ。

「ふざけんな！　あったま来た！」

これはびしっと注意する必要がある。そのうち使おうと思っていたオナホを奪われた私怨《しえん》ではない。

廊下に出た修司は、隣のドアのノブを掴む。案の定施錠されていたが、百円玉を手に身を屈《かが》めた。屋内用ドアのちゃちな鍵なので、開けようと思えばコインひとつで事足りる。

ドアを開けて踏み込むと、ふわりとボディローションの匂いがした。室内は整然と片づいていて、修司の部屋と同じなのに広く感じる。

ぐるりと一瞥《いちべつ》した修司は、まずはチェストの抽斗を引っ張った。偶然そこは下着類が詰まっていたが、ひたすら押し込んでいく修司と違って、ひとつひとつ丁寧に丸めて収納してある。まるで女性下着売り場のディスプレイのようだ。もっとも陳列されているのはLサイズの男物なのだが。

なんなんだよ、このしまい方は！

妙なものを見てしまったとげんなりしながら閉じて、次の抽斗を開けたとたん、修司は声を上げた。

「うわっ……」

オナホはあった。たしかに修司がなくしたものと同一のものが、箱から出されて。しかしそれは想定内だ。叫んだ原因は、紺地に花柄のビキニがあったことだ。いや、それだけではない。ぼんやりとなくなったような気がしていた、日常使用の下着も数枚。

「なっ……なん、で……っ……」

オナホはわかる。目の前にあったら、男としてふらっと手に入れてしまうこともあるだろう。しかし、パンツはどう言いわけする？　お、俺の……使用済みだぞ！

そう胸の中で叫んだ修司は、自分の言葉にはっとして、パンツを鷲掴《わしづか》みにすると鼻先に近づけた。

……マジで使用済みだった……！

洗う前の下着を太郎が持ち去っていたという衝撃の事実に、動悸《どうき》が激しくなり、くらくらしながら横に置いてあったクッキー缶に手を伸ばす。

ＤＶＤやネットの書き込みなどの創作物ではそういうエピソードも目にしたこともあるが、現実に行動を起こす奴がいて、しかもそれが自分の従弟であり、被害者が自分だという事態を受け止めきれない。

缶の中からもヤバいものが出てきそうな予感に、このまま回れ右をして立ち去りたくもあったが、知らずに済ますのも恐ろしい。

「うっ……」

中身は写真だった。缶自体が大きく、そこにぎっしりとプリントアウトされた写真が詰まっている。一瞬ほっとしかけた修司は、被写体に気づいて目を剥いた。

おっ……俺……？

いちばん上にあったのは、黒い全身タイツに三角の耳をつけた幼児の写真だった。いつぞや話題になった、幼稚園の発表会で修司が黒ヒョウを演じたときのものだ。大きめのプリント自体が古いものらしく、角が丸くなっている。

「修ちゃん大好き」な上に黒ヒョウを絶賛していた太郎だから、写真を持っていたとしても不思議はないが、あれから何年が経ったと思っているのだろう。十八にもなってこんなものを残しておき、しかも一番上に載せてあるというのはどういうことだ。

……どういうことだって……ヤな想像しかないんだけど……。

幼児趣味とか淫行《いんこう》とか、危険なワードが頭の中をぐるぐるする。触るのも躊躇《ためら》われたが、自分の誤解であってほしいという望みを抱いて、黒ヒョウ写真をつまみ上げた。

「……げっ……」

次に目に入った写真は幼児ではなかったが、上半身裸の男が写っていた。見直すまでもなく修司だ。それもごく最近の。背景からして自室にいるときのもので、風呂上りに着替えているところだろう。

こんな写真を撮られた憶えもなければ、太郎が部屋に入ってきた記憶もない。つまり隠し撮りだ。

「……あんの野郎……っ……」

それまでの不気味さ、気持ち悪さが、怒りに変わっていく。変態チックな行動にも言いたいことは山ほどあるが、コソコソしたやり方が非常に腹立たしい。

手当たり次第に写真を捲《めく》っては放り投げていくと、最近のものが何十枚とある。リビングでテレビでも見ているのか笑っているもの、冷蔵庫の前で牛乳を立ち飲みしているもの、洗面所で歯を磨いているところ、ベッドで正体なく眠っているところまであった。

太郎がここで暮らし始めて、まだ二か月も経っていない。日数よりもはるかに多い枚数なのは、同じシーンで複数のカットがあるからだが、それはそれで異常だ。とにかく四六時中カメラを向けられていたことになる。

「……ストーカーかよ！」

修司はたまりかねてクッキーの缶を放り投げた。おびただしい数のプリントが床に広がる。新たに年代もさまざまな写真が目に入って、修司は憤《いきどお》りに拳《こぶし》を震わせた。

まるで自分の成長記録のような過去の写真は、さすがにアメリカにいた太郎が撮れるものではなく、おそらく母経由で渡ったものだろう。それもまた太郎が叔母にねだり、叔母から母に依頼があって、と考えると、彼女たちに対してまで怒りが湧いてくる。

どういうつもりなんだよ！　好きだのなんだのってレベルじゃねえだろ。一歩間違ったら犯罪だ。

なにも知らずに、慕われてまんざらでもないなんて思っていた自分の迂闊さにも腹が立つ。どれほどの隙を見せていたことか。

「あれ？　修ちゃーん？　もう帰ってたの？」

階下から呼ぶ声に、修司は我に返り――いや、怒りの矛先を見つけて、一気にボルテージを上げた。

きっちりはっきり説明してもらうからな！　いや、説明なんかされたって、許せるもんかよ！

「今日はね、サーモンのムニエルにしようと思って。タルタルソースとバターしょうゆ、どっちが――」

階段を上ってくる足音とともに聞こえていた声が途切れた。自室のドアが開いているのに気づいたのだろう。

どうりでいつも鍵をかけているわけだ。こんな犯罪の証拠が詰まった部屋では、出入り自由にしておけない。

「……修ちゃんっ!?　どうして――」

騒々しく階段を駆け上がり、ドアの前に姿を現した太郎は、室内の惨状に目を見開いた。床一面に広がった写真と、チェストの前で仁王立ちしている修司を見て、まるで泥棒に出くわした被害者のような顔をする。

「……なんだよ？　どっちが加害者だ！　これはなんなんだよ⁉」

「いや、あの、修ちゃ――」

「うるせえっ！　殴らせろ！」

修司はドア口に突進し、その勢いで太郎の顔面に拳を叩きつけるつもりが、重なり合って散乱したプリントに足を滑らせ、見事に宙に浮いた。

「うおっ……⁉」

「修ちゃん！」

空中で自分の足先を目にし、来たるべき衝撃を覚悟したが、それは予想以上で痛みとともにブラックアウトした。


瞼《まぶた》の奥で光が瞬《またた》く。

「……ん……？」

眩《まぶ》しさに目を覆おうとしたが、腕が思うように動かない。頭上に伸ばされたまま、なにかに引っかかっている。

また強い光を浴び、同時にカシャっと音が聞こえて、修司は一気に意識を浮上させた。なぜならその音が、今や修司にとって強いトラウマと化したシャッター音だったからだ。

開いた目に飛び込んできたのは、日本が誇るカメラブランドのフルサイズ機で、太郎は重たげなレンズを装着したそれを手に構図を探っている。

「……な……な、なん……」

「あ、気がついた？　頭痛くない？」

カメラから顔を上げた太郎に心配そうな目を向けられ、修司も素直に返す。

「あ……いや、全然。俺……」

「よかったあ。すごい勢いで頭から転んだから。気絶してたのは五分くらいかな」

すぐに意識が戻ったということは、重篤《じゅうとく》なものではないのだろう。直前までの記憶もあるし、頭痛やぼんやりした感もない。

……ていうか――。

「なんだよ、これは！」

「え、氷枕。冷やしといたほうがいいと思って」

「そうじゃねえ！　これっ！」

修司は自由にならない両手を揺すった。手首が革の手錠で拘束され、ベッドヘッドのパイプに繋がれている。そんな状態にした修司を、太郎は写真に収めていたのだ。

「五分って言ったよな？　その間にこれかよ？　どういう手際のよさだっての！」

「いやあ、必死だったから」

「褒めてねええっ！　気絶してる奴に手錠かけて写真撮るって、なんのつもりなんだって言ってんだよ！」

「だっていつもスマホの写真だし、ちゃんとしたの撮りたかったんだもん」

「これのどこがちゃんとしてるんだ！　だいたいおまえ、あの隠し撮りの山はどう説明すんだよ」

視線を床に向けたが、大量のプリントはすでに影も形もなくなっていた。とにかく素早い。しらばっくれられてはたまらないと、慌てて言葉を続ける。

「そ、それにパンツ！　俺が訊いたときにはとぼけたくせに、てめえが持ってたんじゃねえかよ。し、しかも……あらっ……、洗ってないやつ！　あ、オナホもそうだよな!?　てめえで買えよ！　手間を省いてシコってんじゃねえ！」

一気にまくしたてた修司だったが、気づくと太郎がため息をついていた。

「ああ、あれは箱から出しただけ。だって、未使用だろ？　修ちゃんが使ったのかと思ってもらってきたけど、お宝じゃなかった」

……なに……？

今、すごくおかしな言い分を聞いた気がする。ということは、オナホが修司の使用済みならお宝だったということか？　洗濯前の下着の掠《かす》め取りといい、こいつは――。

「……変態……」

口を衝いて出た言葉に、太郎は片眉を上げた。

「そう思われてもいいけどね。修ちゃんが好きなんだよ」

「な……――」

身動きの叶わない状況も忘れ、修司の頭に血が上る。

「好きってなんだよ！　そう言えばなにしても許されると思ってんのか？　おまえのやってるのはストーカーと同じだろ！　その上エロばっかしじゃねえか！　外せよ、これ！　おまえなんか――っ……」

眩しいフラッシュを浴びて、修司の罵倒《ばとう》が止まった。

「いいねー。動けないのに相変わらず気が強くて、ぞくぞくする」

まったく懲りていないらしく、太郎は興奮した目で修司を凝視している。

……マジもんの変態だー……。

真っ向から叱りつけても効果がないのなら、他の手を探るしかない。手錠が外れればどうにかなるはずだ。とにかく落ち着いて、誘導しなければ――。

「なにすんだよっ！」

太郎の手が修司のシャツのボタンを外し始め、落ち着こうと思ったそばから叫ぶことになった。

「チラ見せのカットも欲しいもん。んー、どっちがいいかな？　右？　左？」

合わせを交互にはだけさせて、下に着ていたTシャツを捲《まく》り上げ、乳首露出の構図を練っているらしい。

「ばかじゃねえの！　誰が俺の乳首なんか見て喜ぶんだよ！」

「俺はすっごく嬉しいけど」

訊くんじゃなかったと思いながら、対策を模索する。これはもう、泣きで訴えるしかない。

「……なあ、こんなことされて、俺に嫌われるとか思わないわけ？　おまえが俺を好きでやらかしているとしても、そんな気持ちは全然響かないんだけど」

「好きだよ」

即答かよ。それが信じられないんだっつーの。

「あいにく俺はホモじゃねえから」

「俺も」

「はあっ!?　嘘《うそ》だね。風呂にだって乱入してきたじゃん。鼻血吹いて！　使用済みパンツはパクるし、オナホだって使用済み狙ってたって、今さっき白状したじゃねえか。それのどこがホモじゃない――」

「修ちゃんだけだよ」

カメラをサイドテーブルに置いた太郎は、伸しかかるようにして修司の頬に触れた。ヘーゼルグリーンの瞳が間近に迫り、こんなときだというのに、そのきれいな色に見惚れる。

「修ちゃんだけ。他の男なんか興味ない。女も。修ちゃんだけが好き。ずっと前から」

こんなハーフイケメンにマジ顔で告られたら、その辺の女なんてひとたまりもないだろうなと思う。しかし幸か不幸か修司は男で、太郎とどうにかなる気はない。

「……ずっと……って……」

そんなことを思いながら無意識に呟くと、太郎は待ってましたとばかりに嬉々《きき》として踵を返し、一枚の写真を修司の眼前に突きつけた。

「これっ！　これが決定打！」

写っているのは、黒ヒョウのコスチュームを着た幼稚園児だ。クッキー缶のトップにあったものである。

来日早々、母も交えた食卓の席で熱弁を振るったのは記憶に新しいし、一番上に写真があったことからしてもお気に入りだというのはわかる。

しかしあれから十五年が過ぎていて、修司も今や立派な成人男子だ。面影がまったくないとは言わないが、今もって修司に固執するのはおかしくないか？

ていうか、幼稚園児相手に決定打って……しかもそのころ、こいつは四歳だぞ。

世の中には幼児に関心を持つ輩《やから》も存在するようだが、両方が幼児というのはどうなのだろう。いや、未だに太郎が引きずっているなら、変態どころか犯罪予備軍だ。

「……褒められるのはいいんだけどさ——」

あまり刺激しないように、遠慮がちに言い返す。どうして修司が遠慮しなければならないのかという思いもあるが、ここは触らぬ神に祟《たた》りなしだ。

「ま、そんなにたいしたもんでもないよ。しょせんは園児のお遊戯《ゆうぎ》だし」

「そんなことないよ、よかった。あのとき俺、すごく感動して、劇が終わってすぐ修ちゃんに会いに行ったんだよね」

……え……？

そんな話は初耳だ。というか、太郎に会った記憶はない。着替えて客席に戻ってからの話ではないのか？

「……まさか——」

嫌な予感に唇を引きつらせると、太郎はうっとりとした目で宙を見上げた。

「教室のほうに行こうとしてたら、修ちゃんがすごい勢いで前を横切って……壁沿いのフックに引っかかって転んだんだ」

——見られてたーーーっ！

声も出せずに硬直する修司に、太郎は回想という名の言葉の暴力を浴びせる。

「尻尾が取れかかって、黒タイツのお尻のとこが破れて白ブリーフが見えてて……他にもあちこち伝線して、なんていうか……エロスの目覚め？　みたいな」

うわーっ、うわーっ！

聞きたくない。耳を塞ぎたい。しかし手は頭上で拘束されているので、修司は必死に両腕を耳に押しつけた。

「以来、ますます修ちゃんが好きになっちゃって……初恋ってやつだよね」

照れているのか、太郎は頬を染めているが、修司はそれどころではない。

……どういう意味だ、エロスの目覚めって。四歳児の感覚か？

とにかく三つ子の魂ならぬ四つ子の魂で、太郎は修司に変態的な欲望を抱いているらしいことははっきりした。その挙げ句が、現状というわけだ。修司的には非常に不幸なことに。

「初恋でもなんでも勝手にしろだけど、こういうのはだめ！　認めない！　ていうか、俺はまったくそういう気はないから！　わかったらいい加減これ外せ！」

「修ちゃん――」

「ひゃっ……」

太郎はおもむろに手のひらを、修司の剥き出しの腹部に当てた。

「俺がなんのために来日したと思ってんの？　この想いを伝えて、修ちゃんにも応えてもらうためだよ」

手のひらがやわやわと押しつけられる感触に気を取られそうになりながら、修司は必死で言い返す。

「だっ……からっ、俺にその気は一ミリもないって――」

「今は、でしょ。これまではずっと離れてたし、告白もしてないしね。でももう修ちゃんのことを恋愛対象として好きだってことは伝えたし、伝えたからには修ちゃんにも俺を好きになってもらう」

「……む、無理無理無理っ！　見てわかんだろ！　ほらっ、腹が鳥肌《とりはだ》立ってる！」

「あのね、鳥肌って気持ち悪くて立つばかりじゃないんだよ？　逆でもなったりするの、知らない？」

「知らねえよっ！」

「要は刺激に反応してるってことなんだから。その感じ方が気持ちいいものだって、頭が納得すればいいことでしょ」

「うるせえっ！　御託《ごたく》を並べんな！」

叫ぶ修司に、もう、とため息をついた太郎は、デニムの前立てを開き始めた。

「ちょーっ、ちょっと！　待てって！　なにする気だよ！」

「あれこれ言うだけじゃだめなんでしょ？　実際に気持ちよくなってもらおうと思って」

「いいいっ！　いいから！　じゃなくて、嫌だから！」

「最後までそう言ってたら認める」

足は拘束されているわけではなかったので、修司は力の限りにバタつかせたのだが、上半身がどうにもならないというハンデはいかんともしがたく、あれよあれよという間に下着もろともボトムを引き抜かれた。

それでも二、三発はキックが入ったはずなのだが、太郎はまったくダメージを受けた様子がない。というよりも、とても嫌な話だが、露《あら》わになっていく修司の下肢に気を取られて、痛みも感じていないように見えた。さすが変態だ。

そして修司のほうはと言えば、どうも文明人は自分だけが裸になると、ひどく戦意を消失するらしく、身を強張《こわば》らせて状況を見守るしかなかった。膝を押さえつける太郎の腕の力が妙に強く感じられて、とても敵わない気にもなった。

「……マジ、やめて……」

情けなくも最後の手段で哀願に出たのだが、太腿の間に陣取った太郎は、修司のモノを凝視している。凝視なんて生易《なまやさ》しいものではない。至近距離でガン見だ。あまりの食いつきぶりに、文字どおりパクリとやられそうで、修司は息を呑む。

「……修ちゃんの――」

「ひっ……」

いきなり根元をつままれ、恐怖のあまり縮こまっているそれをくいっと上向かされた。

「可愛いなあ。見た目に合ってるよね」

「どういう意味だよ！　言っとくけどなあ、今はキモくて縮んでんだよ！　平常時の五割減だ！」

こんなときでも、むきになって言い返してしまう。それくらいナニのサイズというのは、男にとって重大かつデリケートな問題なのだ。

「でも、ちゃんと剥けてるんだ？　きれいな色だなあ」

太郎はさらに顔を近づけ、すん、と鼻を鳴らした。

「嗅《か》ぐなーーっ！　もうやだ！　放せっ！　これ、外せよ！」

これ以上一秒も耐えられない。太郎とくっついているのが嫌だ。同じ部屋の空気を吸っているのも嫌だ。

「終わったら外してあげる」

「今すぐだって言ってんだろ――……うっ……」

熱い粘膜にすっぽりと覆われた感触に、修司の全身からがくんと力が抜けた。

……マジか！

憶えのある感覚に、頭をぶん殴られたような衝撃を受ける。他人の口に含まれた感覚――数年ぶりに味わうそれが、まさか血の繋がりのある男のものだとは。

とても視線を向ける勇気がなく、思いきり顔を逸《そ》らしているのに、頭の中では太郎のあの形のいい唇が浮かんでくる。あの口が今、自分のものを咥《くわ》えているのか。

「うっ……うう……っ……」

太郎は口に含んだ修司のものを、舌を絡ませて転がしている。むにゅむにゅと捏《こ》ねられる感触は、指などよりもずっと心地よく――。

……心地よくじゃねえだろ！　なに考えてんだよ、俺！

慌てて打ち消したものの、下肢から這《は》い上がってくる疼《うず》きは堪《た》えがたく、まずいと思うとなおさら感覚が鋭くなっていく。直截《ちょくさい》な刺激に弱いとか、頭と下半身は別物だとか、そんな言いわけがぐるぐるするけれど、ものには限度があるだろう。好きだとか初恋だとか言って迫ってくる太郎に、修司はまったくその気がないだけでなく、冗談にも男同士で性欲を発散したいとも思っていないのだから。

「……た、ろっ……いい加減……にっ……」

ああ、なんだこの言い方、声。全っ然、説得力がねえ。

肉厚の舌は強靭《きょうじん》かつ器用に動き、修司のものを余すところなく撫《な》で回す。すぼめた頬の内側や、ときに歯まで使って刺激され、じわじわと熱が溜まってくる。

数分に渡ってもぐもぐされた後、唇の輪に扱《しご》かれるようにして解放された修司のものは、認めたくないことだが半勃《はんだ》ちになっていた。

「おおー……」

太郎は鼻先で唾液《だえき》で光っているそれを、目を輝かせて見つめている。

おおー、じゃねえって……。

もはや心の中の声すらも勢いをなくしていた。あんなに拒絶しまくっていたのに、この体《てい》たらくだ。太郎にしゃぶられて、おっ勃ててしまうなんて。

「美チンだねえ。完勃ちしたら、この辺のラインがもっと反るでしょ」

その判断基準はどこにあるんだ。そんなに何本もチンコ見てんのかよ？

口を開けたら変な声が出そうで、胸の中で悪態《あくたい》をついていた修司は、すっと裏筋を撫でられて、けっきょく「ひい……っ」と声を上げてしまった。

そんな反応に、太郎は袋ごと根元を掴んで上下しながら、亀頭に吸いついて舌を蠢《うごめ》かせる。ちょっと手荒な動きとくすぐったいような甘い刺激に、中途半端に煽《あお》られていたペニスは、たちまち血流を集めた。

同性ならではの遠慮のなさと、真逆の繊細さ、いずれもポイントを掴んだやり方に、いつしか修司は抗《あらが》うことも否定の言葉も忘れて、太郎に与えられる刺激を貪《むさぼ》っていた。

「……修ちゃん……っ……」

鼻息荒く顔を上げた太郎が、依然として修司のものを扱きながら、片手で自分のデニムの前を開く。ずるりと取り出されたものは天を突くばかりに滾《たぎ》っていて、そのサイズとともに修司をぎょっとさせた。

「ちょっ、なに……おまえっ……」

「もう我慢できない。一緒にやらせて」

「一緒にって——あっ……」

　直視するのもはばかられるような、血管を浮き上がらせて我慢汁にテラテラしているものを、太郎は修司のものと一緒に両手で握った。

「ひいいっ！　やめろ！　それはナシだ！　勘弁しろ！」

　自分よりも熱い体温を、身体の中でもっとも敏感な場所に押しつけられた修司は、振り解こうと必死に腰を捻った。

「あっ、修ちゃん！　そんなに擦らないでっ」

「擦ってねええ！　おまえがくっつけてんだろ——んっ、あっ、ああっ……」

　興の乗った太郎が両手で激しく擦り立てるので、またしても修司は快楽に巻き込まれてしまう。手のひらとも口中とも違う感触が触れ合い、本当に絶対に認めたくないのに、それがたまらなくよくて、いつしか腰まで振っていた。

　ああ、まずい……でもいい……ていうか、このままじゃ……。

　身体がラストスパートに入ってしまったのを悟り、なけなしの抵抗が脆《もろ》くも崩れた。どうせもう、太郎の口で勃ったのも、擦られて喘《あえ》いでしまったのも、互いのペニスをくっつけてしまったのも、なかったことにはできないのだ。それにこの状態を終了するには、いくしかない。

そう思ったとたん、腰の奥からぐうっと快感がせり上がってきて、修司は絶頂へのきざはしを一気に駆け上がった。

「あ、あ、あああっ……」

波打つ身体に合わせて、びゅくびゅくと精液が飛ぶ。いくときに声が出るなんて初めてのことだと思いながら、激しい悦楽に身を任せた。

「修ちゃんっ……」

感極まったような声を上げて抱きついてきた太郎が、噛みつくようにくちづけてくる。

「んぅっ？　んっ、んんーっ！」

油断していて口の中を思いきり掻き回されたが、すぐに太郎は唇を離し、首筋からはだけた胸元へと舌を這わせていく。湿った熱い吐息が修司をぞくぞくさせた。

「修ちゃん、俺もっ……俺もいきたい……っ……」

修司の乳首に吸いつきながら、うわごとのように囁く。忙《せわ》しなく己の肉棒を扱きながら、もう一方の手で飛び散った修司の精液を掻き集め、ぬるぬるした指をあろうことか修司の尻の間に滑らせてきた。

……ま、まさかっ……。

「おいっ、だめだそれは！　それ以上なんかしてみろ！　ぜってえに許さねえっ！」

まだ絶頂の余韻《よいん》で力の入らない足で、しがみついてくる太郎をなんとか弾き飛ばそうとする。

「だって修ちゃん、俺、もうこんなに……」

修司の脚の間で上体を起こした太郎は、虚《うつ》ろにも見える血走《ちばし》った目でこちらを凝視し、獣のような息を吐きながら、笠《かさ》を開いて今にも発射しそうな凶器を擦り立てていた。

こっ……怖……っ……！

射精の記憶も吹き飛んで、修司は眼前の悪夢のような光景に硬直する。だがしかし、ここはなんとしてでも太郎を止めなければならない。あんなものを突っ込まれるわけにはいかないのだ。というか、不可能だ。流血沙汰だ。

「……ゆっ、許さないっ！　入れたら絶交だ！　家からも追い出す！」

必死に口にした言葉は、まるで子どものけんかのようなセリフだったが、太郎はわずかに眉を動かした。

「……それは困る」

「そ、そうか……！　わかってくれれば――」

ほっと息をつこうとしたのもつかの間、太郎は膝立ちの体勢で怒張《どちょう》というか、剛直というか、とにかくその限界まで勃起したものを、容赦のない勢いで扱き始めた。それが発射した暁には、間違いなく修司の顔面に到達する向きだと気づき――。

「……てめえっ！　なにしてんだよっ！　かかる！　かかるだろっ……――」

――他人の精液が噴き出るところを初めて見た。白い弾丸が宙を走り、それが修司に迫って

くる。

「……っ！　……──」

びしゃっ、と──生温かいものに顔を叩かれ、遅れて青臭い匂いが鼻腔を這い上がる。

自分が顔射されるという、人生で決して味わうことはないだろうと思っていた体験に、修司は呆然とした。


顔射のショックで硬直したままの修司は、ひと息ついた太郎に顔に散った精液を塗りたくられそうになり、我に返って叫んだ。

「絶交だっ！」

「ええ〜っ、入れてないのに」

情けない声を上げた太郎に、さらに頭に血が上って吠えかかった。

「うるせえっ、卑怯《ひきょう》者！　人の意思を無視して、力ずくでどうにかしようとする奴なんてサイテーだっ！　もう顔もみたくない！　外せよ、これ！」

本当に許しがたい所業だった。修司は太郎とこんなことをするなんて、これっぽっちも望んでいなかった。

「修ちゃんだっていったのに」

……なん、だと……？

愚痴るようにひとりごちながら手錠を外す太郎に、修司は気色ばんだ。両手が自由になったところで、修司は着衣の乱れ――といっても下半身はすっぽんぽんだったが――も顧みずにベッドから跳ね起きると、デニムを拾い上げようとする太郎の尻に蹴りを入れた。虚《きょ》を衝《つ》かれてぶざまに倒れ込んだ太郎の肩を踏みつける。

「不可抗力だよっ！　出したくて出したんじゃねえっ！」

しかしそう言いながらも事実は事実なので、自分でも説得力がないのは薄々感じていたが、それを見透かしたように太郎は肩口の修司の足を掴んで撫でた。ヘーゼルグリーンの瞳が、挑発するように見上げてくる。

「でも、全然その気がなかったらいかないよね？　脈ありってことでしょ」

胃の辺りがカアッと熱くなってきた。

なんなんだ、こいつは。全然反省してねえ。

「ポジティブすぎんだろ！　触んな、放せ！　脈なんかねえよ！　全然！　まったく！　というわけで絶交な」

これ以上この部屋にとどまっていられるかと、デニムを奪って出ていこうとすると、跳ね起きた太郎に肘《ひじ》を掴まれた。

「嫌だ！　待って！」

「嫌だ？　おまえなあ――」

とにかく腹立たしい。これまでの太郎の数々の所業も、それに今日まで気づかず、修司なりにうまくやっていこうと気づかって生活してきたことも。

本性を見破られて、開き直った末に実力行使に出た太郎はもちろんのこと、そんな奴に身体をいいようにされて、あろうことか感じまくっていってしまった自分にも。

「絶交なんて言わないでよ。俺は修ちゃんに会うために日本に戻ってきたんだから」

「知るか。ていうか、ぶち壊したのはてめえだろうが。人の嫌がることしといて、自分だけ嫌だって言ったら許されると思ってんのか」

再会してその成長ぶりに圧倒されたものの、話してみれば昔と変わらずにひたすら自分を慕う従弟だと思っていた。外見とのギャップも相まって、修司を唯一の主人と決めたちょっとばかな大型犬のようで、それがまた憎めないとまんざらでもなかったのだ。

けっこう楽しくやってきたこの一か月半が思い出されて、胸がいっそうむかつく一方、妙な気まずさが広がってくる。

こいつに、いくとこ見られちゃったじゃん……。

ずっと兄貴風を吹かせていたのに、アンアン喘いで腰を振って。それまでのポジションが音を立てて崩れてしまったことが、恥ずかしい。情けない。そして、そんな目に遭わせた太郎が憎らしい――と、堂々巡りにはまる。

「じゃあ、嫌じゃなくなればいいんでしょ」

「は……？」

「俺に触られたりするのが嫌だって、思われないようにすればいいんだよね？　いいよ、初めからそのつもりだったし」

こいつはなにを言っているのだろう。話が噛み合っていないか？

「なに言ってんの、おまえ。俺は嫌なの！　嫌じゃなくなるなんて、ありえないから」

「嫌じゃなくさせてみせるよ。ううん、好きにさせる」

修司は今度こそ絶句した。話が通じないこともこの上ないが、この自信はいったいどこから来るのだろう。今しがた修司に徹底的に否定されたというのに。

……ばかなんじゃね？　ていうか、俺がその気になるわけがねえだろ。それともなにか？　一回いったからって、本気で脈ありだと思ってんのか？

尻軽呼ばわりされた気がして、修司の頭に血が上る。

「はっ！　やれるもんならやってみな！　ぜってえ無理！　無理だから！」

思いきり嘲《あざわら》ったつもりが、太郎に見下ろされてはっとした。双眸《そうぼう》がじっと修司の顔を見つめてきた。

「う……ちか、近いって――」

「言ったね?」

「え?　いや、それは――」

……なんか、つい……墓穴?　掘ったような……。

「じゃあ、絶交も撤回だね。俺、頑張るから。きっと修ちゃんに喜んでもらうから」

「はあっ?　喜ぶってなんだ!　そんなことは――」

まずい。まずい。なんか対策を、反撃を……。

「あっ、そうだ!　没収!　絶交の代わりに没収!　写真も、俺の部屋から持ち出した物も全部返せ!」

「えー」

困惑する太郎に勢いを得て、修司は指を突きつけた。

「データもだぞ!」

「……わかったよ」

太郎はため息をつくと、クッキー缶に戻した写真とフラッシュメモリ、オナホや下着もまとめて返して寄こし、パソコンのデータはその場で消してみせた。

奪還品を手に自室へ戻った修司は、しばし反撃の成果に浸っていたが、次第に冷静になって頭を抱えた。

なんだよ、やれるもんならやってみろ、って……。

売り言葉に買い言葉だったとしても、もっとおとなの対応ができなかったものか。しかも太郎はそれに対して、意欲満々になっていたではないか。

いや、でも俺にその気はないわけだから……。

今日はふいを突かれてヤバい状況まで持っていかれたが、今後は注意を怠《おこた》らないようにすれば、そうそう危機は訪れないだろう。希望的観測ではない。修司がしっかり拒絶の意志を貫けば、なにも恐れることはない。

サシの体力勝負で勝ち目はないかもしれないが、修司のほうが立場が上だと、生まれついたときから太郎には擦り込まれている。うまく手綱《たづな》を握って、やり過ごすしかない。


若干不安の残る解決だったにもかかわらず、翌日には太郎の言動は拍子抜けするほどに元に戻っていた。

日常的な暮らしぶりは変化がなく、修司は大学に通い、太郎は家事を請け負《うお》っている。密《ひそ》かに洗濯物のチェックもしているが、今のところ行方不明になったものはない。

まあ、修司があえて冷ややかな態度を崩さないので、これでなにかやらかすようなら救いようがない。

太郎もさすがに修司が素っ気ないのは感じているらしく、茶碗を手渡すのすら遠慮気味だ。なんだよ。ずいぶんと威勢のいいこと言ってたけど、全然じゃねえか。やっぱ俺のほうが立場が上で、避けられたらどうにもならないって気づいたんだな。

しかし妙にはしゃいだり擦り寄ってくることがなくなった分、気づけば視線を注がれていることがあった。たびたびぎくりとしたり、鬱陶しく思うこともあるが、そこまで文句を言うのもおとなげないと放ってある。無害である以上は、修司のほうも必要以上に根に持つこともないだろう。もうあの件には触れず、なかったこととするのが互いのためにもいい。

「修ちゃんこれ、洗濯物ね」

「ああ」

きちんと畳んで重ねられた衣類を、太郎はリビングのソファに置いた。

あれ以来、修司は自室に鍵をかけるようにしている。コイン一枚で開けられるものでも、施錠してあるという事実に意味があると思っている。太郎に対する抑止力だ。もっとも今の太郎は、そんな必要もなさそうだが。

ちょっと灸《きゅう》が効きすぎたか……？

しかし太郎がやらかしたことは、修司が女だったら確実に警察沙汰の案件だ。公《おおやけ》にすることなく収めただけでも感謝してほしい。対外的には太郎になにひとつペナルティは生じなかったはずだ。

エロ関係だけでなく、好きだなんだという言い分に関しても、修司側に受け止めるつもりがない以上、そこはきっぱりと拒絶してしかるべきだと思っている。その代わりと言ってはなんだが、太郎に対しては従兄として接しているつもりだ。

カウンターの向こうで夕食の下ごしらえを始めた太郎を、リビングのソファで録画番組を見ていた修司はこっそりと窺った。黙々とジャガイモの皮を剥いている姿はまともそうで、容姿のよさも手伝い、昨今流行《はや》りの料理男子ぶりに、女子なら食いつくところだろう。

それがアレだもんなあ……なんだったんだ、あのヤバすぎる変態ぶりは。未だに信じられん。とにかく反省の色は見えるので、太郎がこのまま元に戻るなら、すべて忘れてやることにしようと心に決めた。たぶんそれは互いのためでもある。

修司は立ち上がってキッチンに向かい、カウンターの中で太郎の隣に並ぶ。

「なにか手伝う？」

目を瞠った太郎は、やがて嬉しそうに口元を緩ませながらも首を振った。

「いいよ、座ってて」

「なんだよ。おまえに丸投げしてるけど、全然できないってわけじゃねえんだぞ。野菜刻むくらいのことはやるって。あ、これ炒《いた》める？」

賽《さい》の目にカットしてあったトマトとタマネギを手に取ろうとすると、太郎が慌てる。

「修ちゃん、そんな真っ白のシャツで……跳ねたらシミになるって」

「あ、そうか。えっと……ああ、これこれ」

壁のフックに引っかけたままだった母のエプロンを身に着ける。さすがにちょっと窮屈だし、派手なフリルが鬱陶しいが、ないよりはましだ。

「さあ、やるぞ」

オリーブオイルに鷹《たか》の爪《つめ》とニンニクを入れて香りを出し、タマネギを炒める。透明になってきたところで、トマトの入ったバットを取り上げた。

「なあ、もういいだろ？」

一応、太郎に伺いを立ててるが、返事がない。

「あれ？　ジャガイモが先？」

横を見ると、太郎が切ったジャガイモを手にこちらを見ていた。

「なんだよ、そう言えばいいだろ」

「あ……うん、そう。まあ、どっちでもいいけど――」

ジャガイモとトマトが投入され、一気に料理めいてくる。煮溶けたトマトがふつふつとして、案の定エプロンに跳ねた。

「うわ、エプロンして正解。袖も捲っとくか」

木べらを離してシャツの袖を捲ろうとすると、太郎が鍋の前に割り込んでくる。

「おい――」

「修ちゃん、ありがと。もういいから、向こうで休んでて」

こちらを見ないどころか、不必要に背を向ける太郎に、むっとして言い返そうとすると、

「ここ狭いから……ぶつかりそうだし」

そんな言葉が聞こえて、修司はキッチンを出た。おそらく太郎は、必要以上に接近するまいと気を配っているのだろう。つまり、不埒な行動を改めようとしているに違いない。

……まあ、そうなんだけどさ……。

修司がさりげなく歩み寄ろうとしてやっているというのに、どうして避けるような真似をするのだ。太郎にそんな権利があると思っているのか。生意気な。

とにかく太郎は態度を改める気になったのだと確信し、修司は安心してわずかに残っていた警戒を解いた。

それが間違っていたと気づいたのは、ラッシュ時の電車でのことだった。

最寄駅で乗り込んだときから、吊り革が空いていないほどの混み具合だった電車は、地下鉄との連絡駅でぎゅうぎゅう詰めになった。これがわかっているから、極力一限目の履修は避けていたのだが、必修科目を取らないわけにはいかず、週に一度はすし詰めの満員電車に揺られ

ている。

隣に立つ太郎が低く呻《うめ》いたのを耳にして、修司は顔を上げた。

「だから言ったろ、東京の通勤ラッシュを舐《な》めるなって」

「ほんとすごいね」

「忠告してやったのに、ばかだな」

なんでも博物館のハシゴをしたいとかで、開場と同時に乗り込むのだそうだ。悪いことは言わないからせめて一時間ずらせと助言したのに、どうせだからと修司と一緒に家を出た。

「向こうでは電車通学だったのか？」

「ううん、スクールバス。だいたいどこもそう」

「へえ。幼稚園みたいだな」

「たまに運転して行ったり」

「えっ、免許持ってんのか？」

「十六で取ったよ」

そうだった。日本とは取得できる年齢が違うのだ。幼稚園児と笑うどころではない。修司も免許は取得済みだが、バリバリのペーパードライバーだ。父が単身赴任の現在、空木家の車は数日おきにエンジンをかけるだけの状態だった。

「あ、じゃあさ、今度ドライブ行こうぜ。葉山とか埼玉のアウトレット、いっぺん行ってみたかったんだ――うっ……」

　減速で横Gがかかり、会話が途切れた。それでもいつもよりわずかに楽な気がするのは、太郎側からの圧迫が弱いからだろうか。

　あれ……？　もしかして、ガードしてる？

「だいじょうぶ？」

　ヘーゼルグリーンの目に見下ろされて、確信した。

「お、おう……」

　女じゃあるまいし守ってもらう必要なんかない、と言うには凄《すさ》まじい混み具合で、素直に感謝しておく。まあこの図体だから、盾にはもってこいだ。

　毎週ガードしてもらうかな。あ、そうだ。来年からは時間割合わせよう。

　そんなことを考えていると、ふいに尻の辺りを妙な感覚が襲った。デニム越しに尻の割れ目をぐうっと擦り上げられる。

　うえっ……。

　しかし、意図的なものだとは思わなかった。なにしろこの混雑なのだ。油断していれば自分の手だって、他人の間に引き込まれて戻せなくなる。第一、修司は男で――。

「っ……！」

　ぐるっと前に回ってきた手が、修司の股間を覆った。やんわりと揉み込まれ、もはや偶然だとは思えなくなる。

……ていうか、この手……。

目だけで斜め後ろを見上げると、太郎が口端を上げた。

やっぱてめえか！

半歩ほど左にずれて修司の背中に貼りついている位置の太郎が、後ろから抱きしめるように右手で触れているのだ。いや、触れているなんて表現は生ぬるい。まさぐっている。

「……ざけんなよ」

「なにが？」

なにが、だと⁉　しらばっくれやがって。

「てめえの――っ……」

そこでまた電車が大きく揺れ、太郎の手を追い払おうとした修司の両手は、他の乗客の身体の間に引っ張り込まれてしまった。さらに太郎はすかさずデニムのファスナーを開き、下着越しに修司のものを掴んだ。

「うっ……」

カーッと頬が熱くなる。ようやく太郎の意図に気づいた。この変態野郎は博物館なんかが目当てだったのではない。満員電車でエロい行為を試みるために、修司と一緒に電車に乗ったのだ。

ここ数日のしおらしい態度も、きっと修司を油断させるためだったのだろう。そうとも知らず、ちょっときつく言いすぎたかもとか、反省したならこれまでどおりうまくやっていこうとか思っていた自分は間抜けすぎる。

太郎の指が修司のものの形をなぞるように、下着の上から撫で擦る。爪で引っ掻くような感触は、ぞわぞわする疼きを呼び——。

いや、まずいって！　まずいっていうか、ヤバいって！

満員電車で痴漢行為、しかも男同士。そんなものの当事者になんてなりたくないし、誰にも気づかれたくない。どんな好奇の目が注がれることか。

修司は思いきり太郎を睨《にら》むが、返ってきたのは微笑だった。いや、かなり好色な笑みだ。今の修司にはそう見える。

なんて奴！　こんな大勢の他人と密着してるとこで、ひ、人のチンコ触って……気はたしかか！

実際にそう怒鳴りつけることもできず、その分、行き場のない罵倒が頭の中で膨れ上がり、怒りで興奮していった修司だが、反撃どころか防御すらなにひとつできない身に、じわじわと熱がこもっていく。

うっそ、やばっ……。

ふ、と太郎の息づかいが耳を掠めた。

「硬くなってきた……」

うわーっ、うわーっ、言うな！　聞こえる！

狡賢《ずるがしこ》くも車内アナウンスに被せて囁いているようだが、他人の耳に入らないという保証はない。イヤホンを使っている者が多かろうと、たまたま音が途切れた瞬間に、太郎の声が聞こえないとも限らない。

いや、それよりも——と、修司のこめかみを脂汗が伝った。このままでは痴漢行為で済まなくなる。公然わいせつ罪で修司まで犯罪者だ。

じゃあ、どうすりゃいいんだよ……？

どうするもなにも、誰にも知られずにやり過ごすしかない。両手が他人の身体に挟まれて拘束状態になっている以上、太郎を撥《は》ね退《の》けることもできないのだから——。

我慢するしかない……。

絶望的な気分ですべてを締め出すべく、きつく目を閉じた修司だったが、それは逆効果だった。視覚を遮断したことで、太郎の指の動きが脳裏に浮かぶ。今や容量と硬度を増して自力で上向きになっている修司のペニスを、太郎はつまみ上げるように撫で擦った。亀頭を絶妙な力加減で掴まれ、きゅっと絞り上げられる感覚が、よすぎて吐息が震える。

人生の分かれ道にも等しい場所にいるというのに、快感を味わっているなんて自分が信じられない。

違う違う！　こ、これは逃避だ。ヤバい状況すぎて、怖くてまともに向き合えないから……だからつい――ひっ……。

先端をくりくりと指の腹で撫で回され、じわりと先走りが溢れるのを感じた修司は、膝が緩みそうになった。

「んっ……」

「危ない、倒れるよ。……調子悪い？」

よく通る太郎の声に、周囲が少し反応した。これで修司が挙動不審になっても、具合が悪いのだと受け取るだろうと思うと、少し――ほんの少しだが安堵する。

しかし太郎は言葉と同時に、修司の脚の間に背後から太腿を割り入れた。修司を支える役目も果たしたが、修司の尻に硬いものが押しつけられてもいる。

……こん、の……ド変態っ……。

胸中でそう罵《ののし》りながらも、擦られるたびに蜜が溢れ、しっとりと湿ったボクサーパンツの中に太郎の指が潜り込んできて、修司は抑えきれない声を洩らした。

「うあ……」

「もう少しだよ」

なにが？　こんなとこでいくわけには――。

ぬるつくペニスに直に触れられ、思いとは裏腹にその気持ちよさに陶然《とうぜん》とする。もう腰が揺れているかもしれない。それすらもわからない。

ま、マジでもう少し……あ、あ……——。

なけなしの理性が吹き飛ぶかと思われた瞬間、降車駅を告げるアナウンスが聞こえて、修司ははっと目を見開いた。続いて減速が始まり、密集度が崩れて両手が自由になる。修司は無我夢中で太郎の手を払いのけ、デニムの前を閉じた。

電車が停まってドアが開くと我先にホームへ飛び出し、ブルゾンの前を掻き合わせるようにして柱に背中を押しつけ、乱れた息を整えようと努めた。降り立った乗客は留まることなく歩を進め、客を乗せた電車が出発して、つかの間まばらになったホームで、修司は深く息をつく。

「修ちゃん」

その声にぎくりとして顔を上げると、太郎が爽やかな顔で立っていた。今しがたまで修司のものを愛撫《あいぶ》していたなんて、信じられないような好青年ぶりだ。

が——。

「続き、トイレでいい？　駅のトイレっていうのも萌えるシチュエーションだよね。残念ながらここはハッテン場じゃないみたいだけど」

「……ふ、ふざけんなっ……誰が——」

「えー、だってこんなでしょ」

かざした右手は、心なしか濡れているように見えて、修司は怒りと羞恥《しゅうち》に頬を紅潮させた。

「うるせえっ！　いらねえよ！」

もうこれ以上ひと言も口をきくものか、顔も見るものかと踵を返して改札を目指したが、完勃ちの股間のせいで非常に歩きにくかった。

どうにか大学に辿り着いてみれば、講義室で顔を合わせた大橋が目を丸くした。

「どうしたんだ？　そんなフェロモンダダ洩れの顔して」


甘かった。本当に自分は甘かった。ここ数日おとなしくしていたのは、修司が怒ったからではなく、ましてや己の所業を反省してのことでもなかったのだ。そう見せかけて、修司の警戒が緩むのを待っていただけだったのだ。

だいたい先日も、嫌じゃなくて好きにさせると宣言していたではないか。それをやはり反省したんだなとか諦めたんだなとか思った修司も、自分に都合のいい解釈をしたと言えるかもしれないが――。

いやいや、それはそれ、これはこれだろ。ていうか、悪いのは太郎だろ。あんな……電車の中であんな……。

思い出しただけで憤りと恥辱で頭が熱くなってきて、修司は駅から自宅への道を、ものすごい勢いで歩いた。

満員電車の中で直に触ってくるなんて、どういう神経をしているのだ。変態で済ませられる話じゃない。とにかくもう金輪際《こんりんざい》あいつとは関わらない。

太郎に対する怒りでいっぱいになって、荒々しく玄関ドアを開けると、奥からなんとも食欲をそそるカレーの匂いが漂ってきた。

「あ、おかえりー」

物音に気づいた太郎が顔を出す。

「おかえりじゃねえっ！　きさまよくそんな涼しい顔してんな！　なんなんだよ、今朝のあれは！」

「今日はバターチキンカレーだよ。修ちゃん好きなんだって？　伯母さんからレシピ聞いて、ちょっと手を加えてみたんだ。マンゴーチャツネの代わりに、ドライフィグを――」

「うるせえ！　あれはなんだって言ってんだよ！」

まるで反省の色のない太郎に、修司は憤るまま廊下を進み、その胸ぐらを掴む。

「嫌だった？」

「あっ、当たり前だろ！」

「でも、いきそうだったよね」

「……っ……」

そこを突かれると、返しに詰まってしまう。あとひと駅長かったら、確実に達していただろう。

「あんなすし詰めの電車の中で、俺に触られてぬるぬるになっちゃって……あの後、ひとりで駅のトイレ行ったんだけど、修ちゃんので濡れた手で擦ったら、もう最高だった」

聞きたくもない自慰告白に、修司は太郎を突き飛ばして、吹き込まれた言葉を追い出すように頭を振った。

「訊いてねえよ、んなことは！　ひとっ言も！　今度外であんなことしてみろ。追い出すからな！」

勢いのままにぶつけた言葉は、思いのほかに効力があったようで、太郎は目を見開いた。

「そ、そうだよ！　おまえなんかと暮らせない。親同士の約束があろうと、知るもんか。だめなら俺が出てく」

「それは困る……」

……よし！

明らかに困惑しているらしい太郎の様子に、修司は密かに拳を握った。

「言っとくけど脅しじゃないからな。ほんとにやるからな」

念のために追い打ちをかけると、太郎は考え込んでいるようにふらふらとキッチンへ向かった。

本当はもっと罵声《ばせい》を浴びせて、二度としませんと言質《げんち》を取って土下座くらいさせたかったが、修司のほうにも感じてしまったという負い目がある。実際に言い返されたし、これ以上の追及は諸刃《もろは》の剣《つるぎ》だった。

三度目はないと言い聞かせるのが落としどころなのだろう。

変態だけどばかじゃないんだから、いい加減わかりそうなもんだよな。ていうよりも、わかってくれなきゃ困る。

修司のほうには、太郎とエロい関係を持ちたいなんて気はまったくないのだ。気持ちよくなってしまったのは、単純に肉体的な反応で不可抗力だった。

そうだよ。俺にとって、あいつはただの従弟。子どものころ可愛がってたから、その印象がまだ抜けてなくて……まあ、そのせいで甘いのは認めるけど……。

ふつうにしていてくれれば、うまくやっていきたい。そう思うのは、しかたがないだろう。

「修ちゃん、ごはんできたけど……」

遠慮がちな声が聞こえて、修司はこれでもうけりをつけようと、明るく答えた。

「おう、今行く」

カレーにはなんとナンが添えられていて、修司は感嘆の声を上げた。

「フライパンで焼いたんだけどね」

「いや、うまいよ。モッチモチじゃん」

ミモザサラダも甘酸っぱいドレッシングが絶妙だった。

しかし半分ほどを平らげたところで、やけに汗ばんでいる自分に気づく。辛さはさほどでもないのだが、なんだか暑くて手で顔を煽いだ。

「どう？　修ちゃん」

テーブルの向かい側から身を乗り出すようにして尋ねる太郎に、上《うわ》の空で頷く。

「うん、うまいよ」

けど、なんか……。

「それはさっきも聞いた。なんか変わったとこ、ない？」

「か――……？」

ふと目を上げると、太郎がにっこりと笑っていた。いや、にっこりなんて可愛らしいものではなく――。

……まさか……。

太郎の顔とカレーの皿を見比べていた修司だったが、嫌な発想にはっとして席を立とうとした。が、立ち上がった瞬間、へなへなと床に頽《くずお》れてしまう。スプーンが音を立てて落ちた。

……ち、力が……。

なんだ、これは。突然おかしな病気にでもなったのか。いや、そんなはずはない。さっきまではまったくふつうだった。それはたしかに、太郎の所業に血圧は上がり気味だったが。

腰を上げた太郎が、テーブルを回って修司の前に立つ。

「あー、効いてるね」

効く……？　やっぱりか！　一服盛ったのか！

「……て、めえ……カレーだな？　なに入れた⁉」

口は不自由なく動くのだが、どうにも手足が重い。おまけにこの妙な身体の火照《ほて》り。

太郎は修司には聞き取れない単語を答えた。

「つまり、媚薬《びやく》ってやつ？　アメリカの医者が作ったって触れ込みで、知る人ぞ知るだけどけっこう評判なんだよ。習慣性もないし、ヤバい成分は入ってないらしいから安心して」

「信用できるか！　そんな怪しげなもん、食事に盛りやがって――」

「やだなあ、修ちゃん」

太郎は横座りになった修司の前にしゃがみ込んだ。

「ちゃんと自分で実験済みに決まってるでしょ。けっこうすごかったよ。ちょっと触っただけで、こう――」

太郎の手が修司の首筋に触れる。瞬間、ぞわっとした。なんと言ったらいいのか、足が痺《しび》れたような感覚が生じるのだ。

「うあっ……や、やめろ……さわ、んなっ……」

「せっかく効いてるのに」

太郎は効き目を確かめるように、いや、修司の反応を愉《たの》しむように、あちこちに触れる。そのたびに修司は、びくびくと全身を揺らす破目《はめ》になった。それこそ手で触られただけでも疼く。しかもその刺激が下腹を直撃する。

「……てめっ、さっきの今だぞ！　あんなことしたら追い出すって――」

「外でしたら、って言ったじゃない」

「揚げ足を取るな！　ガキか！　あああっ……」

腕を取られて立たされ、強烈な疼きに仰け反る。太郎がしっかりと抱きとめたが、その身体の感触にもぞくぞくする始末だ。

「ガキじゃないから、必死なんじゃないか」

そんな声が耳元で聞こえたが、修司の知ったことではない。なにより言い返すどころではない。自分が勃起してしまっているのに気づいたのだ。

「やだって！　放せよ！　卑怯者！　ド変態！」

幸か不幸か鮮明な意識と回る舌で思いきり罵倒するが、太郎は修司を抱えるようにして二階の自室へ連れ込んだ。

このベッドに寝かされるのは二度目だが、前回は拘束されているという言いわけがあった。しかし今日は見た目的にはなんの妨げもないわけで、それなのに服を剥ぎ取っていく太郎を拒めないどころか、妙な声を上げて身を捩《よじ》っている自分が情けない。

いや、俺は悪くない。なにもかもこいつが、この変質者が悪い。

「すごい、修ちゃん……こんなにツンツンになってる」

カットソーと下着代わりのTシャツを捲り上げたところで、太郎は感嘆するような声を洩らした。つられて目を向けると、乳首が括《くく》り上げられたように尖って、乳暈《にゅううん》まで盛り上がっていて、視界が恥辱で赤くなった。

「うるせえっ、こ、これは……薬の、おまえのせいだろっ！」

「ああ、そうか。ごめんね。じゃあ、触ってあげる」

「いらねえよ！　あっ……」

手のひらで覆うようにさわさわと掠められ、修司はその心地よさに喘ぎながらも、必死に太郎を押しのけようとした。しかし、まるで形ばかりの抵抗以下の動きにしかならない。

修司を息も絶え絶えにさせて、太郎はすっと手を離す。

「あ、脱がすの忘れてた。もう、修ちゃんが魅力的だから、つい夢中になっちゃうよね」

上半身の衣服を一気に引き抜くと、いそいそとデニムの前を開く。まさか一日に二回も、太郎にファスナーを下ろされる事態になるとは——そんなどうでもいいことを考えてしまったのは、決して屈して投げやりになったわけではない。もちろん快感に負けて流されているわけでもない。ないが、どうしろというのだろう、この状態で。

「朝は感触だけだったから……あー、やっぱりいいな、修ちゃんの」

デニムと下着も引き下ろして、修司を全裸にした太郎は、顔をぐっと修司の股間に近づけるとナニに囁きかけた。

「うおお、やめろ！　どけっ！」

蹴り飛ばす勢いで足をばたつかせたつもりだったが、実際にはもじもじする程度でしかなかったようだ。それすらも太郎の片肘で押さえ込まれ、ペニスをつままれる。

「エッチな匂いがする」

匂いを嗅がれた上にそんな言葉をほざかれて、修司は憤りに血管がブチ切れそうだ。それなのに、怒りすら妙な興奮に変換されてしまう。

「修ちゃんはあの後どうしたの？　自分で弄《いじ》って出した？」

「……す、するか！」

これは本当だ。抑え込むのに大変な労力を要したが、意地でも出すものかと踏ん張ったのだ。そのおかげで、大橋には揶揄われたが。

「ほんと？　じゃあ、思いきり気持ちよくして、ちゃんといかせてあげるね」

「いらねええっ！」

「無理だよー。もう身体がそうなっちゃってるんだから。四、五回はいかないと、落ち着かないと思うよ」

なんて恐ろしいことを言うのだろう。そんな薬に本当に常習性がないのだろうか。

「あひっ……」

ぱくりと呑み込まれて、その温かでぬるつく感触に、修司は一気に快楽に溺《おぼ》れた。絡みつく舌と吸い上げてくる力に、抗う気になる間もなく絶頂へと導かれる。

「あああーっ……！」

なんだこれなんだこれ。

雄叫びのような絶頂の声を上げたのにも驚愕《きょうがく》したが、達した快感を押しのけるようにして、次の欲望が膨れ上がってきたことに惑乱した。足りない。もっと欲しい。

当たり前のように精液を飲み干したらしい太郎は、顔を上げて口元を拭いながら、修司を見て含み笑う。

「次はどうしようか？」

言葉も返せず、全身を襲う痺れに震える修司の両膝を掴んで開くと、太郎はその間に身体を割り込ませてきた。

「……っも、もういい！　いいから、ほっといてくれ……っ……」

「無理。俺も無理だし、修ちゃんも」

ぐっと膝裏を押し上げられ、おむつ替えの赤ん坊のような格好にさせられた。赤ん坊時代の太郎にしてやったことはあるが、まさかやり返されることになるとは。

ていうか丸見え！　チンコばかりか尻の孔まで！

「きれいだなあ。全然毛が生えてない」

いっそボーボーで隠したかったよ！

太郎はおもむろに顔を伏せて、まさかと気色ばむ修司の焦りをよそに、舌先を伸ばした。

「ひゃあっ……あ、ああっ……」

そんなところを舐められたらキモい、憤死すると思ったのに、裏切られたような快感に襲われた。それこそ新たな扉が開いたように、気持ちよすぎて鳥肌が治まらない。孔の周囲ばかりでなく、袋までの部分も強めに舌で撫で擦られ、それが内側にずきずきと響く。依然として勃起したままのペニスの先から溢れる蜜が、糸を引いて修司の胸元を濡らす。

「……んっ、は……あうっ……」

後孔に舌を捻《ね》じ込まれ、もどかしいような感覚に腰を振っていた。振動が伝わるペニスが、射精したいと脈打つ。

「あひいいっ……」

自分の精液が顔に降りかかった。

「お尻弄られていっちゃったね」

屈辱的な言葉が耳に入ってきたが、それにもどこかが刺激される。相変わらず出したのに萎えることのないペニスが、次の快感を求めて疼く。

薬のせいだ。俺の本意じゃない。薬の――。

胸の中で念仏のように唱えながら、その後も乳首でいき、さらにペニスと尻の孔を弄られていくというミラクルを達成したのだった。

ようやく薬の影響が去り、しかし今度は疲労感で伸びている修司に、太郎は非常に甲斐甲斐《かいがい》しく後始末をしてくれた。気力体力ともに失われ、されるがままになりながら、修司はぼんやりと思う。

すげー気持ちよかった……。

経緯はともかく、それは認める。認めるが、決して自分から望んだことではない。流されてしまったのも認めるが、今後もそうしたいとかは——。

思わねえよ、うん……太郎とそういう関係になりたいわけじゃないし。ていうか、それは世間的にまずいし——。

「やっぱり思ったとおりだ」

修司に部屋着まで着せかけた太郎が、満面の笑みを見せる。

「修ちゃんの身体、最高だよね。エロくて可愛くて。今度はちゃんと——」

「ふざけんなっ！」

怠い身体を無理やり引き起こし、修司は叫んだ。

けっきょくそういうことか。修ちゃん大好きとか言いながら、やりたかっただけなのだ。太郎にとっての修司は、エロい執着だけの存在なのだ。太郎の変態的なエロスの琴線《きんせん》に触れたからこそ、修司を好きだと言っているのでは。

「……修ちゃん？」

きょとんとしているその顔が、ますます忌々しい。自分がどれほど修司を蔑《ないがし》ろにしたかも気づいていないのだろう。

それなのに、俺はいろいろ考えて……ばかじゃねえの。俺も、こいつも。

修司は渾身《こんしん》の力を振り絞って立ち上がり、ドアを開けた。

「修ちゃん、待って――」

「金輪際、俺に指一本触れるな！」


つまり修司は、自分で思っている以上に太郎に愛情を持っていたということなのだろう。もちろんそれは恋愛的なものではなく、身内として、従兄弟としての情だ。

太郎は違う。修司を好きだと言って、肉体関係を迫る。しかしそれは恋愛感情ではないのではないか。本人はそう思い込んでいるのかもしれないが、これまでを振り返るとエロありきで、修司とそういうことをしたいがために、後付けで好きだと言っているようにしか思えなくなってきた。

身体目当てってことかよ……。

事後の台詞はまさにそれを裏付けるものとして、修司には聞こえた。

べつに修司も、ガチガチに品行方正なわけではない。セフレだろうと、その場のノリや酔った勢いだろうと、互いに納得ずくならそういう関係もアリだと思う。

しかしそれなりに気をつかい、好意的に接しているつもりの修司に対して、欲望を満たすためだけに突進してくるというのはどうなのだ。

なによりも――それを腹立たしく思いながらいいようにされて、気持ちよくなってしまっている自分が嫌だ。ヤバい。ガツンと拒絶したいのに、このままでもいいかなーとかよろめきそうになっている。

強引なアプローチに流されそうになっている、しかもそれは身体だけの愉しみである――そこまでならギリギリだ。しかし太郎の好みはちょっと、いや、かなりマニアックで、それにけっきょく感じてしまっている自分が怖い。このままでは性的なアイデンティティーが変えられてしまいそうで――。

太郎の「修ちゃん大好き」がエロメインであることと、そのマニアックエロにはまりそうな自分に危機感を覚えて、接触禁止を言い渡すことになった。

なにしろ己の未来がかかっていると言っても過言ではないので、翌日しれっとして近づいてきた太郎に、できるだけ冷めた態度で通した。それに対して太郎もさすがに修司の機嫌を損ねたと思ったのか、しつこくしてくることもなく、日常的な接触にとどまった。

とにかく表面上はこれまでの生活に戻りそうだと、修司は胸を撫で下ろす。あとはもう己が確固たる意志を持って、万が一また太郎がおかしな振る舞いに及ぼうとしても、毅然《きぜん》として跳ね返せばいい。「やれるもんならやってみろ」なんて言葉は撤回だ。

そんな意気込みを漲《みなぎ》らせて、なにごともなく過ぎた数日後、しかし太郎が切り出したのは、修司が予想もしなかった言葉だった。

「は？　バイト？」

大学の帰りに評判の店で買ったタイ焼きを、太郎と差し向かいで食べ始めたところ、アルバイトを決めてきたと打ち明けられた。

「うん、駅向こうのカフェ。『グリフォン』っていう。今日、面接に行って決まったんだ」

「決まったんだって、おまえ――」

「あ、家事は今までどおりにやるから、心配しないで。修ちゃんより帰りが遅くなることもあるかもしれないけど、食事の用意はしておくし」

「そういうことじゃなくて！　なんで急に？」

「だって――」

太郎は大仰《おおぎょう》にため息をつく。

「俺が近くをうろうろしてないほうが、修ちゃんも落ち着くでしょ。本当は追い出したいのかもしれないけど、それは勘弁してほしいんだ。だから……」

これは本気で反省したのだろうか。もしかして、灸が効きすぎた？

たしかにもう触れるなとは言ったけれど、なにも修司は太郎がそばにいることまで拒んでいるわけではない。ただふつうに当初どおりの従兄弟同士としてつきあっていければいいと思っているだけだ。

もちろん太郎を嫌いになったわけでもない。そう、一度ならず二度三度ととんでもない目に遭ったにもかかわらず、だ。生まれたときから知っていて、密接な子ども時代を過ごしたという情もあるが、今の太郎のことも、一部を除けばいい奴だと思っている。

その「一部」が改善されるなら、むしろ共同生活をエンジョイしたいと考えているくらいだ。

修司の思惑とは違った流れに向かいそうで、なんだか非常に面白くない。どうしてこの男はうまく察して行動できないのだろう。

しかし、そんなふうに思っていないからもう気にするな、とは言えなかった。こんなふうに拗《こじ》れてしまうと、妙に意地を張りたくなってしまう。そう思うならそう思ってろよ、と。

「……あっそ。西口の『グリフォン』って、高級っぽいとこだろ？　ギャルソンみたいなのがいる……できんの？」

「うんまあ、たぶん。バイトはひととおり経験してるから。もちろんアメリカと日本じゃ勝手も違うだろうけど」

西口には有名なお嬢さま大学があり、彼女たちを見込んで雰囲気のいい飲食店や服飾品店が集まって、ちょっとした通りを形成している。『グリフォン』もその中にあり、修司も一度行ったことがあるが、なんとも場違いな気がして早々に出てきてしまった。

そういえば、店員も見た目で選んだような感じだったな。モデル系っていうか。

制服もシンプルな白いシャツに黒いボトムとロングエプロンという、素材がよければ引き立つが、そうでなければごまかしがきかないという格好だ。

しかし太郎なら、あの中に交じっても遜色《そんしょく》ないだろう。むしろ願ったり叶ったりのアルバイトがやってきたと、雇用側も喜んでいるかもしれない。

「……ふうん。いいんじゃないの」

必要以上にそっけなく返事をするしかなかった。内心はまったくいいなんて思っていなかったけれど。

だいたいほんとに俺のためなのかよ？　てめえが居心地悪くて、逃げ出したいだけじゃねえの？

そんなこともまた言えるはずがなく、太郎のアルバイトは始まった。午前中に家事を片づけ、勤務は主に昼過ぎから。いわゆるカフェのプライムタイムに割り振られている。さすがに店側もわかっていて、優良物件は存分に活用する所存のようだ。

しかしいくら見た目がよくても、アメリカ育ちの来日二か月足らずである。ちゃんと働けているのか気になって、修司は大学の帰りに様子を見に行こうと、西口の階段を降りた。

前方から華やかな女子グループが歩いてくる。件《くだん》のお嬢さま大学の学生だろう。

「ねーっ、カッコよかったよねえ！」

「ハーフでしょ。あの目の色、見た？　カラコンじゃ出ない色よ」

はしゃぐ彼女たちの横を通り過ぎざま、修司は足を止めた。もしかしなくても今話題に上《のぼ》っているのは、太郎のことではないのか。

「名札見て笑っちゃったけどね。ＴＡＲＯ、だって。思わず本名なのか訊いちゃった」

「あら、そのミスマッチがいいんじゃない」

「そうよ。妙なキラキラネームよりずっといいわ」

とにかく今後はできるだけ『グリフォン』に通おうと約束している女子大生たちを振り返り、カフェの狙いがどんぴしゃりだったことを確認する。まあ、渋谷でスカウトに言い寄られるくらいだから、私鉄駅界隈《かいわい》のカフェにいれば注目の的になるのは当然のなりゆきだ。

ふうん。一週間やそこらで売れっ子かよ。

いや、水商売や風俗店ではないのだから、その言い方は適当ではないが、太郎が集客率を上げているのはたしかだろう。

……なんにも言わねえくせに。

働き出してすぐにどんな様子か尋ねたら、「うん、ふつう」としか答えなかった。同僚とうまくやれているのか、嫌な客はいないのか、修司はそういったことを知りたかったのだが、なにがふつうなのか。

つまり女子大生にちやほやされて、楽しくやってるってことだな。けっこうなことじゃないか。それで彼女でもなんでも作っちまえばいいんだよ。この際彼氏でもかまいやしねえ。そう思って駅の階段を引き返そうとしたものの、なんとなく落ち着かない。落ち着かないというか、もやもやするというか。

修司はしばらく駅前の通りを眺めていたが、意を決して歩き出す。

せっかく西口まで来たことだし、ちょっと寄ってもおかしくねえだろ。今日は冷え込んで、あったかいもの飲みたいし。それに、一回くらいは見学しとくべきだよな、うん。保護者的な立場として。

そんなことを頭の中で唱えながら、聖マルガリタ女学院への通学路である通称聖女通りへ進むと、白タイルに焦げ茶の木の柱が印象的なカフェが目に留まった。

えっ……？

驚いたことにこの寒空の下、ドアのそばに並べた椅子で順番待ちをしている客がいる。都心の人気店なら珍しくもない光景だが、ここは私鉄沿線の無名のカフェだ。しかも若い女性客は楽しげにおしゃべりに興じていて、待つことに不満の様子もない。

たしかにカフェでひと息つきたくなる時間ではあるが、それなら他にも店はあるわけで、実際今修司が通り過ぎた店も席は充分にあった。むしろ暇気味だった。

それなのに『グリフォン』で待っているということは――。

そんなにか？　外で待つほど太郎が見たいのか？

さすがにそこまでの集客力があの変態にあるとは信じがたく、もしかしたら他にも絶世のイケメンウェイターが存在するのかもしれないと思いつく。ホストクラブ的な。今どき個人経営のカフェなんて、そのくらいの売りがなければ立ちいかないだろう。

しかしそれはそれで、アルバイト先としてはどうなのか。太郎は未成年だ。おまけに海外生活も長い。知らないうちにヤバいところで働いているのだとしたら――。

修司は一気に歩を速め、『グリフォン』の手前で速度を落とす。その間にも聖マルガリタ女学院のほうから歩いてくる女子グループが、順番待ちの客を見て諦めたように駅へ向かうのとすれ違う。「今日こそはと思ったのにー」だそうだ。

『グリフォン』の店前はテラスのようにタイル敷きになっていて、焦げ茶の柱が庇《ひさし》のようにせり出している。店名にもなっている鷲の上半身とライオンの下半身を持つ動物の置物が、ドア前で店番をしていた。

足もとまでガラス張りで、淡い灯りが点された店内が外からでも覗ける。ゆったりと配置された席は、すべて埋まっていた。ほぼ若い女性客ばかりだ。

うおっ、マジか！

驚きのあまり足を止めて見入っていると、制服姿の太郎がティーセットを載せたトレイを手にテーブル席へ向かうのが見えた。

……い、イケてる……予想以上に……。

今どきの男子のようにひょろりとスリムなのではなく、胸板も厚く腰も適度に張ったアスリート的体型——あくまで『的』だ。本格的に鍛えたという話は聞かないし、そんな様子もない——なので、ラインがはっきりわかる制服は女心をときめかせることだろう。ちょっとエロいし。

しかもいつもぼさぼさの髪を、きっちりと撫でつけて額を出している。洋風の顔立ちと相まって、どこかの貴族の屋敷の使用人のようだ。あくまで使用人で、決して主人ではない。

そういえば、巷では執事喫茶なんてもんが流行らしいが……。

そこまでの徹底ぶりではないのだろうが、太郎に給仕されている女性たちがぽーっと舞い上がっているのは見て取れた。

その場でチップでも渡されるのではないか、まさか同席したりするのかと見入っていたがそんなことはなく、太郎は一礼して下がっていった。女性の視線を背中に貼りつけたまま。

ちなみに他にもふたりほどウェイターが行き来するのを見かけたが、目を瞠るほどのイケメンということもなかった。つまりこの満員御礼状態は、やはり太郎の功績なのだろうか。

……まあ、納得……かな……。

ふっと視線を外すと、順番待ちの女子から怪訝そうに見られているのに気づき、修司は慌てて来た道を戻り始めた。

納得はしたが——なんだか面白くない。

太郎がアルバイト先でうまくやっているどころか、戦力として力を発揮しているのが面白くないわけではない。そんな狭量な性格ではない。日本の生活が楽しいならいいことだ、なによりだ。

ただ——客に向けていた微笑とか、グラスに注いだ水を手元まで寄せる心づかいとか、そういったものにもやもやする。アルバイトを始めなければ、それらはすべて修司にだけもたらされたもので——。

はあっ⁉　なに言っちゃってんの、俺！

人通りのある駅前にもかかわらず、修司はぶんぶんとかぶりを振った。横を歩いていた幼児連れの母親が、ぎょっとしたように離れていくが、それどころではない。

ありえないから、それ。俺はふつうに従兄弟として接したいだけだし。

そうだ。太郎がこれで外の世界に目を向け、他の誰かと恋愛関係になるなら、自分にとっても願ってもないことだと考えていたはずではないか。

おかしい。絶対におかしい。あいつが変なことしたり言ったりするから、こっちまでおかしくなってんじゃねえか。なし！　そんなのナシだから！

風呂から出てきた太郎に、リビングでテレビを眺めていた修司は顎《あご》をしゃくった。

「電話。鳴ってたぞ」

「あ、ああ。ありがと」

スマホを操作する気配を背中で感じながら、着信が多くなったなと思う。アルバイト関係の連絡が主のようだが。

「もしもし。ああ、すみません、風呂に入ってて……え？　合コン、ですか？　いや、俺未成年だし……ええ、でも。はい……やめときます。すみません——」

合コン！　そうだな、やめとけ。どうせおまえはエサに駆り出されるだけだし。

修司は自然と聞き耳を立ててしまいながら、腹の中で口を挟む。

太郎は通話を切ってからも、しばらく操作を続けている。メールやラインの返信だろう。ようやくスマホを置いてキッチンへ向かい、冷蔵庫を開けていると、続けざまに着信音が鳴り響く。

……鬱陶しいな！

ついイラっとしてしまい、横になっていたソファから頭を出して、太郎に吠えた。

「交流が盛んで結構だな！　けどうるさいから、音消しといてくんない？」

「あっ、ご、ごめん！」

太郎はグラスに水を注ぐのも途中に、スマホを手に取った。慌てふためきながら操作するのを横目に、修司は八つ当たりだと反省する。

いや、八つ当たりって……？

とにかくこのまま険悪になるのは本意ではないので、作り笑いを浮かべた。

「いや、悪い。つい。人気者だと思ってさ。客からも誘われたりしねえの？」

「そういうのは断ってるから」

あんのかよ！

「ラインとかはまあ、店のグループがあるからスタッフとしてやってるけど、きりがなくて……」

「いちいち返してたら、日常生活に支障が出るレベルじゃね？　今も即行で返ってきてただろ」

「うん、みんなすごいよね。ケータイ持ちっぱなしなのかなあ。それに、よく話題が尽きないなって感心する」

へらっと返す太郎は、店の宣伝にいいように使われていることに気づいていないらしい。

「そんなの無視でいいじゃん。バイト中じゃないんだし」

スタッフの立場で返信しているなら、給料をもらってもいいくらいだ。いや、給料が出るとしてもやる必要がないだろう。そこまで拘束される義理はない。

「うーん、でもまあ、それなりに楽しいし、お客さんも喜んでくれるし」

煮え切らない太郎の返答に、修司は苛々《いらいら》してきた。

そうか、つまり自分もまんざらじゃないってことだな。ちやほやされていい気になってるってことだろ。

たしかにお嬢さま大学の女子たちにかまわれたら、悪い気はしないだろう。修司だって邪険にはできないと思う。

しかし太郎は、修司が好きだと言っていた。他の男にも女にも興味はなくて、修司だけだ、と。それはいったいどうなった？

いや、どうなったもなにも、俺にその気はないけどさ。相手にできないし。けど、好きだって言ったじゃんよ。それがエロ目的だったとしても、言ったよな!?

太郎の意識が他に向くなら好都合だと思っていたはずなのに、いざその気配がしてきたら、どうしてこんなに面白くないのだろう。

今のところ修司がフリーなのに、太郎がさっさと相手を見つけそうだからだろうか。兄貴分の自分を差し置いて生意気な、ということか？

ふと思いついた答えに、修司は大きく頷いた。太郎に先を越されそうで、男の沽券《こけん》にかかわると危機感を抱いているのだろう。いくら見た目がよくても、太郎と自分の間では、間違いなく修司のほうが立場が上なのだ。負けるのはまずい。

じゃあ、俺も急いで彼女を見つけなきゃってこと？

唯一の対策に、修司は首を捻る。べつに彼女が欲しくないわけではないのだが、現状はそう必死でもない。太郎が誰かとくっつきそうだとわかっても、それに対して「なんだよ」と思いはするが、彼女探しに奔走しようという気にはなれずにいる。

俺がそうなんだから、ここは太郎も合わせてひとりでいるべきなんじゃねえの。だいたいこんな変態野郎の相手なんて、彼女が可哀想《かわいそう》だし。

我ながら勝手な思考だというのは承知だが、それがいちばんいいと思う。というか、そうしてほしい。

しかし、太郎に面と向かっては言いにくく、察してくれればいいのにとまた勝手なことを思ううちに、ラインやらメールのやり取りは盛んになっていって、太郎は家でも暇さえあればスマホを弄るようになった。

「あっ……」

特に親しく交流している相手がいるらしく、心から楽しそうに通信しているときがある。これはいよいよ交際に進展するのか、あるいはすでに彼氏彼女の間柄にまとまったのかと、修司は気のないそぶりで様子を窺っていた。

「明日、か……」

無意識に洩れたらしい呟きに、修司は聞き耳を立てる。

明日も太郎はアルバイトだ。では、その後に彼女と会う予定でも入ったのか。

修司は慌てて明日の予定を思い浮かべる。幸い講義は四限までで、真っ直ぐ帰宅すれば太郎のアルバイトの上がり時間に間に合う。

これはもう、チェックするしかないだろ。

最近の女子は油断ならない。それがお嬢さま大学の学生だろうと、素行《そこう》までは保証されるものではないのだ。だいたいイケメン店員に惹《ひ》かれて店に通い、言い寄ってきたのだろうから、太郎の見かけに興味があるだけの可能性も大きい。せいぜいアクセサリーとして連れ歩きたいだけではないのか。

年長者として身内として、どんな相手か確かめるのは太郎のためでもある。己の変態的な欲望のためなら、どこまでも小狡《こずる》くなる太郎だが、その他の部分では帰国子女だということもあってぽやんとしていることもある。

間違っても嫉妬ではない。修司だってその気になれば、彼女のひとりやふたりいつでも作る自信があるのだ。

しかし翌日、大学を出て駅に向かってみれば、事故で電車が止まっていた。タイミングが悪いと舌打ちしながら、今日は諦めるかと思ったものの、気がつけば地下鉄やら他の私鉄やらを駆使して、自宅最寄り駅へと降り立っていた。

それでもだいぶ時間がかかってしまい、すでに太郎の勤務時間を過ぎていた。もう連れだってどこかへ移動してしまったかもしれないと思いながらも、修司は『グリフォン』へと向かう。

カフェの建物が見えてきて、早足で路地を横切ろうとしたとき、なにかが目の端を過《よぎ》って立ち止まる。

太郎……！

カフェの裏口に通じる路地に、すでに私服に着替えた太郎と、その長身の陰に隠れるくらい小柄な女子が向き合っていた。

おそらく聖マルガリタ女学院の学生だろう。二十歳前後でセミロングの毛先を丁寧に巻き、首回りにファーのついた白いコートから、華奢なヒールのブーツに包まれた足が伸びている。こちらを向いた顔はちんまりと整っていて、まあ美人の部類だ。化粧もさほど濃くない。ひと晩過ごしても、翌朝別人にはなっていないだろう。

一方の太郎は、髪型こそアルバイト上がりで整っているものの、十一月も最終週だというのに、Tシャツとパーカーという軽装だ。寒くないのだろうか。それ以前に、服装のつり合いがとれていない。

しかし彼女のほうはうっとりと、まさに恋する乙女《おとめ》の表情で太郎を見上げて話しかけていた。必死になっているせいか、声も聞こえてくる。どうやら告白の場面に出くわしたらしい。

「――だから、あたしでよければおつきあいしてほしいの。何度かふたりきりで話して、それからと思ったんだけど、他にも――ほら、瑛梨香《えりか》とか佳織《かおり》とかアプローチしそうだったし、焦っちゃって……」

彼女の訴えに対し、太郎は黙ってじっと見下ろしている。背中を向けているので表情は定かではないが、ときおり頷いているところからして受け入れるつもりだろうか。

修司は思わず路地の入口の店の雨どいを握りしめた。

「どうかな？」

女子はとびきりの笑顔で太郎を見上げた。たぶん同じ表情の写メが山ほどあるのだろうと思わせるような、完璧に作られた笑顔だ。

ああ、これは落ちる――。

「ありがとう。でも俺、好きな人がいるから」

……なに!?

予想外の言葉に修司も驚いたが、女子も笑顔を消し去って目を見開く。ああ、ふいの表情はたいしたことがないなと思いながら、修司は固唾《かたず》を呑んで成り行きを見守った。

「……だって、彼女いないって言ったじゃない！」

「いないよ。でも好きな人はいる。片想いだけど」

うまくいくとばかり思っていたのか、動揺しまくりの彼女の声と比べて、太郎はとても落ち着いている。それが彼女にも冷静さを取り戻させたらしく、目を瞬きながら髪を撫でつけ始めた。

「えー……なんだ。じゃあ、脈ナシってこと？」

「ごめんね」

あっさりしている。その態度に彼女も苦笑した。

「そうか、じゃあしかたないね。訊いてもいい？　どんな人？」

「俺にとっては誰よりきれいで、すてきな人。笑顔でも怒ってても見惚れちゃう」

……え？　ちょ、もしかして、それ……──。

にわかに心臓が跳ね出して、修司は雨どいにしがみついた。

「怒ってても？　なんだ、ベタ惚れじゃない」

「そう。なにしろ十年以上好きだから」

俺か！　俺のことか！

もはや疑いようもなく、太郎は告白してきた相手に向かって、修司への想いをぶちまけている。なにをやっているのか、あいつは。

唯一の救いは、彼女のほうが太郎の片想いの相手が女性だと思い込んでいることだろう。これが修司だと気づかれたりした日には、どんな騒ぎになることか。

「そっか。じゃあ敵わないね。わかった、諦める」

あっさりと退こうとする彼女の言葉に、我に返った修司は脱兎《だっと》のごとく聖女通りを駅方面へ駆け戻った。

誰よりきれいで、すてきな人――。

道すがら、太郎の言葉が頭の中に響く。

……なにがきれいですてきだよ。ふざけやがって。

アメリカ育ちなのを差し引いても、陳腐《ちんぷ》で捻りのない言い回しだ。そもそも男の修司にはふさわしくない。

それなのに、奇妙に胸が騒ぐ。本来なら修司があずかり知らないところで発せられたはずの言葉だけに、そこに太郎の本音が潜んでいるように思えてしまうのだ。

とにかく修司のことが好きで、片想いでも諦めきれず、女の子に熱烈な告白を受けても断ってしまうほど、修司への想いのほうを選ぶ――。

どくっ、と心臓が跳ねた。こめかみで脈ががんがんと鳴り響く。

うわっ、なんだなんだ。

夕闇に包まれ、気温もぐっと下がってきたというのに、頬が火照って暑いくらいだ。太郎の薄着をどうこう言えない。

……で、でもアレだ。あいつの好きは、ひたすら想ってるようなおとなしくて可愛いもんじゃなくて、性欲方面でもガツガツ迫ってきたじゃねえか。

しかも下着を盗んだり、盗撮したり。さらにはアクシデントを絶好のチャンスと言って、他人には言えないような振る舞いに及んだ。勢いはとどまるところを知らず、その後も満員電車で痴漢行為やら、媚薬を用いての反則行為やら。

純情一辺倒の想いではない。いささか度が過ぎるほど変質的な行為含みのアプローチに、修司が拒絶の意を示したのが半月ほど前のことだ。あのときの屈辱や混乱、怒りを忘れたわけではないだろう。

そうだよ。もちろんだ。太郎とホモる気もないし、恋愛的な感情のやり取りもする気はないって。そもそもそんなものは存在しないし。

それならなぜ、自分は今こんなにドキドキしているのだろう。まるでときめいているようではないか。

だって、あいつが……――。

いつの間にか自宅の玄関前に辿り着いていて、修司はドアに向かって頬を赤らめた。

感じ取ってしまったのだ。太郎の自分に対する気持ちを。変態的な欲望を伴《ともな》っているものであれ、好きだという想いはまぎれもなく本物で、今も太郎の中で強く息づいているのだ、と。

これまでにいくつかの恋愛を経験してきた修司だが、どの相手からもこれほど強く想われたことはない。修司自身も相手に対してそうだった。

他人から好意を持たれて悪い気がするはずもなく、太郎にはとんでもないこともされたけれど、それも気持ちが高じてのことなのだろうと思えば、妙に意識してしまう。一途すぎて斜め上に向かっている感はあっても、気持ちそのものは理解できる。だから、こんなに狼狽《うろた》えているのだろう。

しかしそれで他のすべてが帳消しになって、受け入れられるほどではない。太郎に弄《もてあそ》ばれた時間は、今もって思い出したくない黒歴史だ。ああいった行為がセットになっている気持ちを、受け止めるまでにはいかない。

……十年以上好きだから、だってさ。

しかし太郎の言葉を思い出しては、口元が緩みそうになる今の状況を、どうしたものだろうか。

女子から告白されたことを、太郎はおくびにも出さなかった。修司もその場に居合わせたなんて決して言えるはずがなく、無視を決め込んでいる。

スマホのやり取りが盛んなのは相変わらずで、無意識に電話の会話に耳を傾けていると、他にも告白されて振った相手がいるようだ。またかよ、という苛立ちと、それでも修司への片想いを貫いているらしい優越感のようなものに、修司は見舞われた。

太郎自身の修司に対する態度は、依然として一歩引いたものだった。修司が命令したとおり、自分からは決して近づこうとしないし、廊下ですれ違うときなども壁にへばりつくようにして修司が通り過ぎるのを待っている。

あまりにも距離を保って、話しかけるときまで控えめなものだから、女子を相手に修司への想いを語ったのは夢だったのではないかと思うくらいだ。

あんなことまでしときながら、今度は指一本触れようとしないなんて、極端って言うか不器用って言うか……。

しかし修司の好物を必ず一品は用意してくれるようなところや、絶妙のタイミングでコーヒーを淹れてくれるところなど、修司に対するアンテナを張っているからこその行動だろう。

つまり太郎なりに誠意を見せようとし、修司に認めてもらいたいと願っている。

——ってことだよな……?

冷却期間を設けたせいか、またその間、太郎がきわめて品行方正に振る舞っていて安心したせいか、修司のほうも太郎の自分に対する気持ちについて、落ち着いて考えるようになった。

しょっぱなに呆れ驚くような事件をぶちかまされ、開き直った太郎にあれこれとても人には言えないようなことをされた。それなのに快感を覚えてしまった自分に狼狽えて、すべてリセットするという強硬手段を取った修司だったが、修司が好きだという太郎の気持ちは本物だと感じ取った今、それ自体を拒む理由はないのではないかと思い始めている。

いや、べつに積極的に受け入れようとは思わない。太郎と女子が並んでいてどちらかを選べと言われたら、よほど問題がない限り女子を選ぶだろう。基本的におっぱいが好きだし。

が、幸か不幸か今は言い寄ってくる女子がなく、ひたすら想ってくる太郎がもう一度修司にアプローチしてきたとしたら——。

……うう一ん……もしかしたらもしかする、かも……。

女子経由の太郎の恋心の吐露《とろ》が、予想以上に修司の琴線に響いたこともあって、それを向けられることにも嫌悪はない——少なくとも太郎の気持ちを嫌だとは思っていないという結論に達した。

って言っても、いざこいつとあんなことやこんなことをする、ってなると……なあ……。

リビングの隅で正座してアイロンがけをする太郎の背中を、修司はちらりと眺めた。集中しているせいか背中を丸めていて小さく見えるが、ひとたび立ち上がれば修司を見下ろす長身かつアスリート風ボディの太郎だ。見た目を裏切らない力もあるのは、いつぞやの件で実証済みでもある。

修司が許可したら絶対にエッチへ進むだろうし、その際には過日のような行為では終わらないだろう。これまでだって、挿入しようというそぶりを見せていた。修司が女役になるのは明らかだ。

そ、そこまでの覚悟はない……な……。

ソファに転がった修司は、クッションを抱えて頭を振る。想像するだけで怖い。なにしろ太郎のブツはなかなかの代物《しろもの》だった。

しかし世の中の男同士カップルすべてが、そういう行為をしているわけではないらしい。互いのものを手や口で愛撫するだけということも少なくないそうだから、どうにかそういう方向に定着させることはできないだろうか。

……って、つきあう前提かよ。

すでにそのつもりで考えていることに、修司自身驚いた。いつの間にそんなふうに考えるようになっていたのだろう。

たぶん太郎が物心ついたときに目の前にいた修司にひたすら懐いてきたように、そんな太郎と過ごしてきたことで修司もまた、無条件で太郎に親愛の情を持つように擦り込まれてしまっているのかもしれない。諍《いさか》いが起きて険悪になっても、破局には至らず元に戻るような絆《きずな》ができているような。

太郎自身と太郎の修司への気持ちには抵抗はない。セットでついてくるカラダの交渉についても、まあ、よほど変態的なことにならなければ許容できる。

実際、かなりマニアックなこともやっちまったわけだしな。あっ、でも断じてしたいわけ

じゃないぞ。あのとき、気持ちよかったのはたしかだけど、自分から望んでるわけじゃ……ない……。

大きな手に包まれて、ちょっと強引なくらいに扱かれた感触が蘇って、腰の奥が疼いた。思わず背中を丸めたとき、

「修ちゃん？」

と声がかかって、ソファから跳ねそうになる。

「なっ、な、なにっ⁉」

「え？　あ、シャツ。アイロンかけたから、しわにならないうちにしまって」

ハンガーにかけたシャツを掲げる太郎に、修司は大仰に頷いた。

「さっ、サンキュー！　おおっ、しわひとつないじゃないか！」

「……そのためのアイロンだしね」

修司としては、そんなに一途に思ってくれているなら、ちゃんとつきあってやらなくもない——というところまで気持ちの上では譲歩しているにもかかわらず、太郎のほうは接触禁止令を遵守《じゅんしゅ》していた。ついでに接し方も遠慮がちだ。

では修司のほうから歩み寄れば進展するのだろうかと思いもするが、そんなことはできるはずがないと否定する。

だって、あんなにきっぱり拒否したわけだし。やっぱりいいよ、なんてことになったら、こっちの立場っていうかそういうのがなくなるじゃん。

修司的には太郎にどうしてもと乞《こ》われて、「そんなに俺が好きなのかよ。しょうがねえなあ」的なスタンスを崩したくない。というか事実そうなのだから、太郎も頑張って押してくるべきではないか――と思う。

「なあなあ、これって太郎ちゃんじゃね？」

学食で大橋にスマホの画像を見せられて、修司はカレーうどんを啜りすぎた。茶色の汁が辺りに跳ねて大橋が大仰に仰け反る。

「ちょっと、やめてくんない？　このジャケット革なんだけど！　シミがついたら落ちないんだけど！」

「いいから見せろ！」

スマホを奪い取って食い入るように見つめると、たしかに『グリフォン』の制服姿の太郎が映っていた。ツイッターのコメントでは、イケメンアルバイトぶりが絶賛されている。

『三回通って、やっと写メゲット！』

『どこのカフェ？　渋谷？　青山？』

『大学生？　どこなんだろ？』

『帰国子女で、四月から邦南の理工学部だって』

まさに囀《さえず》りまくりのやり取りに、修司の頭に血が上る。

「なんだこれ！　個人情報ダダ洩れじゃん！」

「邦南・イケメンで検索かけたら出てきて、俺もびっくりだ。あれだな、スイーツ頭の女子高生が載せたんだろ」

なぜ大橋がそんなワードで検索をしたのかはさておき、聖マルガリタ女学院だけでなく女子高生にまで、太郎の存在は認知されつつあるのか。インターネットのツールに載せてしまったら、今後加速度的に広がるのも目に見えている。

……まずい。すっごくヤバい。

ライバルが増える――ではなく、太郎の安全上の問題として。そう、保護者的立場の修司としては、こんな状況を見過ごすわけにはいかない。

「あーっ、おまえなにやってんだよ！　俺のアカウントで！」

声を上げる大橋にかまわず、修司は『個人情報洩れ注意！』とコメントを飛ばした。即行で『なにこれ。ウザい』と返ってきたが、知るものか。

「ウザいのはそっちだろ」

吐き捨ててスマホを大橋に投げ返す。

「ああ、もう嫌だー。このアカウント使えねえー」

嘆《なげ》く大橋を後目《しりめ》に、危機感に襲われた修司は席を立って学食を出る。

件の女子大生は修司の目の前で振られたし、その後の告白も断っているようだが、こんなふうに後から後から告白予備軍が現れるような状況では、落ち着いていられない。そのうち太郎の気が向く相手が登場しないとは、言い切れないではないか。

あいつの好みなんて知らねえけどさ……女子高生となったら、おっ、と思うだろ、ふつう。そうだ。なにしろ園児の修司が尻を破いているのを見てときめいたという、筋金入りの変態だ。女子高生をスルーしても男子高生とか、中学生とか——。

「まずいって、それは！」

キャンパスをひとりで歩きながら思わず口に出し、通りすがりの女子学生ふたり連れをぎょっとさせてしまう。しかしそれどころではない。

これはもう、世の中のためにも修司が太郎を受け持つべきだろう。そんな大義名分を無理やり作り出したことで、太郎を籠絡する意思がはっきりしてくる。

……よし。鳴かせてみせようホトトギス、ってな。

翌朝、前日太郎に告げていたよりも早い時間に出かけることになった修司は、洗面所で歯を磨いていた。

あ、今日は洗濯の日だな。

ついでに洗ってしまおうと、寝間着代わりのTシャツを脱いで、横の洗濯機に放り込んだ。

「あれ？　修ちゃんもう起きたの？　早くない？　すぐにごはん――」

太郎の声と足音が近づいてきたが、鏡の中で上半身裸の修司と目が合うと、ものすごい勢いで廊下の壁にへばりついた。

「ごっ、ごめん！　見てません！　いや、ちょっとだけだけど！」

……すげーリアクション。

「いや、俺が勝手に脱いだだけだし、戸も開けっ放しだったし」

顔も洗って洗面所を出ると、すでに太郎の姿はなかった。本当に生真面目《きまじめ》に約束を守ろうとしている。しかしあの動揺ぶりから察するに、修司に対する気持ちは変わっていないのだろう。てことは、こっち方面で押していきゃいいってことだよな？

太郎の理性をがんがん揺さぶって、辛抱たまらず行動に出るのを待てばいい。まあ、できればその行動は、肉体的実力行使ではなく、告白なのが望ましいが。しかしこの際、贅沢《ぜいたく》は言わない。太郎を他の誰かの手に渡さないというのが、最優先事項だ。

その日、美容院へ寄ってから大学に行った修司は、帰宅してすぐキッチンにいた太郎に声をかけた。

「なんか背中がチクチクするから、先に風呂入ってくる」

「あ、うん。沸いてるからどうぞー」

上半身裸くらいで狼狽えていた太郎だから、バスタオル一枚で接近すればさぞ動揺することだろう。過日の(太郎的に)目くるめく快楽を思い出して、一気に迫ってくる可能性もある。ま、実際にヤバくなったら、約束を忘れたのかって怒鳴ればビビるだろうし。告白の言質だけ取って、後はおいおいってことに……。

とにかく修司の目標は、太郎を自分に繋いでおくことだ。

大ざっぱに身体を拭いてバスタオルを腰に巻き、髪から滴を垂らしながらキッチンへ向かう。太郎はこちらに背中を向けて、キャベツの千切りを皿に盛りつけていた。すでに揚げ上がったトンカツが、いい匂いを漂わせている。

「あー、喉《のど》乾いた」

修司がそう言って冷蔵庫を開けると、太郎は笑顔で振り返る。

「お湯熱かった？　今日冷えたから——うわああっ！」

修司の格好に心底驚いたらしく叫ぶが、ヘーゼルグリーンの瞳は素早く全身を眺め回していた。

手応えあり！

思惑が功を奏したということ以上に、異様に気持ちが高ぶって、この先の流れに期待が募っていく。

「やっ、あのっ、ごめんっ！」

「は？　なにが？」

気づかないふりで近づこうとすると、太郎はごくりと唾を呑み込んだ後、低く呻いて前屈みになり、よろよろしながらキッチンを飛び出していった。

はあっ？　なんだよ、それは！

階段を上がる足音が、途中で何度かリズムを崩している。叩きつけるようにドアが閉じる音に、修司は眉根を寄せて天井を見上げた。

なんで逃げんだよ。反応しただろ、間違いなく。チンコ押さえてたじゃんかよ。勃起したんだろ！

それが脱兎のごとくキッチンを飛び出して、自室に閉じこもるとは、まるで修司が無体なことをしでかしたかのような反応だ。

修司との約束を守ろうとしているなら、そしてそれが修司への想いから来ているなら、太郎の誠意以外のなにものでもないわけで、太郎を見直すポイントでもある。が――。

今はそうじゃねえだろ！　ヘタレ野郎！

優しいだけじゃだめなの、男はやっぱり強引に迫ってくれなきゃ――なんて会話が女子の間で交わされ、勝手なことを言うと常々思っていたが、たしかにその言葉に一理あると修司も認める。

それにしても太郎のタガを外すには、どうしたらいいのだろう。


——きっかけなんだよ。

なにか理性が飛ぶようなことがあれば、太郎はきっと解き放たれた野獣のごとく、いや、それはあまり望ましくないので、修司への想いを訴えずにはいられないような衝動に駆られるに違いない。

気持ちがあるのはたしかなのだ。視線にも声にも、修司を好きでたまらないという意思をひしひしと感じる。ときに鬱陶しくなるほど。

だから修司だってほだされたのだ。そんなに想われているなら、男だろうと血の繋がりがあろうと受け止めてやろうじゃないか、と。

それなのに、あの腰抜けが！

ダンッとテーブルを叩いたグラスに、ビールが注がれる。目を上げると大橋が苦笑していた。

「荒れてんな。なんか面白くないことでもあった？」

来年度からのゼミ入室を控えて、顔合わせを兼ねた飲み会だった。大橋とは引き続きつるむことになる。

「……べつに」

「べつにって顔か、それが。先輩がビクビクしてるぞ。代々穏やかで和やかな田代《たしろ》ゼミが、来年から荒れそうだって」

「ゼミは関係ねえよ」

修司はそう言ってグラスを干した。

「ほうほう、頼もしいねえ」

反対側から瓶《びん》ビールが突き出され、白く長い眉をした老紳士が笑顔を見せる。

「た、田代教授……」

「最近の学生はおとなしいし酒量も控えめだし、残念に思っていたんだよ。あ、ビールでいいかい？　熱燗《あつかん》でもいくか？」

ゼミの主を前にして、さすがに修司も我に返って畏《かしこ》まった。入室前からこんな件で目をつけられても困る。

「い、いえ……もうだいぶいただきましたので……」

「またまた。今の飲みっぷりならまだいけるだろう。なにせ若いんだし。私もきみくらいの年ごろには毎晩のように飲んで、酒臭いまま研究室へ這って行ったものだよ。当時は——」

田代教授は四十年近く前の昔に想いを馳《は》せながら、グラスを開けろと身振りで示す。穏やかで和やかタイプの筆頭《ひっとう》だとばかり思っていたが、見かけによらず酒豪らしい。自分用の熱燗を手元に引き寄せて、ターゲットにした修司とサシで飲むつもりのようだ。

見れば先輩学生たちは、絡まれずに済んでほっとしている一方、気づかわしげな目を向けてもいる。しかしあくまで遠巻きの状態だ。

……いいけどね。これで少しでも覚えがめでたくなるならさ。

いつの間にか大橋も離れていて、田代教授の回想はコイバナになっていた。そして勧められるままにビールから熱燗に替わって、差しつ差されつになっている。

うえ……日本酒なんて初めて飲んだぞ。うまいけど……利くなあ……。

「聖マルガリタ女学院の、英文科の女学生と交際してね——」

なに？

半ばぼうっと痺れたようになっていた耳に、その単語が鋭く飛び込んできた。

「聖女……」

「そうそう、そう呼ばれていた。今もそうなのかい？」

修司の反応に気をよくしたのか、田代教授はまた修司の盃《はい》を満たした。

「交際を承知してくれたのに、いつまで経ってもよそよそしいんだよ。私を好いてくれていることはたしかなのに」

微妙な差異はあるが、まさに今の修司のと太郎の状況とかぶって、修司は身を乗り出す。

「わ、わかります！　焦《じ》れったいですよね！」

「そう！　そうなんだよ。まあ、当時の女学生としては無理もないのかもしれないが、そもそもは向こうから手紙を渡してきたんだよ。通学中に。こっちだって慣れていないんだから、その勢いがあるなら、もう一度と思うじゃないか」

「ですよねっ！」

妙に意気投合してしまい、お開きの声を聞くまでに田代教授とふたりで銚子《ちょうし》を五本も空けてしまった。

そうなんだよ。迫った実績があるんだから、また来りゃいいじゃねえか。なにをビビってんだよ。そんなことで男を相手にできると思ってんのか！

飲み過ぎたお父さんよろしく、千鳥足《ちどりあし》で駅から自宅へ辿り着き、チャイムを連打する。

「太郎～っ！　帰ったぞー！　開けろー！」

室内で慌ただしい足音がして、玄関ドアが開いた。

「修ちゃん、近所迷惑だから――うわっ、酒臭！」

「へっへー！　ハタチだから！　ガキのおまえと違って、酒も飲めるんだよーん。煙草《たばこ》だって吸えるしー」

「いいから早く入って。誰も飲むなって言ってない――ちょっ、危ない！」

帰りついて気が緩んだせいか、一気に足に力が入らなくなり、修司は上がり框にひっくり返った。

玄関の施錠を済ませた太郎は、途方に暮れたように修司を見下ろす。困惑の色を帯びたヘーゼルグリーンの瞳が、忙しなく動き回っているのが妙におかしい。

「ひっひっひ……」

「だいじょうぶ？　水持って――」

「いらねえ。もう寝る」

「じゃあ、部屋に行こうよ。こんなとこにいたら風邪ひくって」

「歩けねええ」

太郎に向かって両手を伸ばすと、反射的にそれを掴もうとしたようだったが、はっとして後ずさった。

「えっと……靴！　まず靴脱いで」

てめえ、あくまで触らない気だな？　それなら――。

「ん」

爪先を浮かせると、太郎は様子を窺いながらも修司のブーツを脱がせ始めた。

よしよし、それでいいんだって。しょうがねえから、ひとつずつ指図してやる。

「起こせ」

もう一度両手を伸ばすと、太郎は躊躇った後で肘の辺りを掴み、楽々と修司を起き上がらせた。しかし演技でなく足が立たなかったので、太郎に体重を預ける。修司の腕を肩に回した太郎は、階段を上がり始めた。

なるほど、この手があったかと、偶然の産物に内心ガッツポーズをしながら、二階の自室に移動した。

が、深酒のせいで、本気で太郎の介助がなくては動けない状態になっていて、ベッドに座らされてもそのままひっくり返ってしまう。大の字に伸びている修司に、太郎は躊躇いがちに提案してきた。

「着替えたほうがいいと思うんだけど……コートだけでも脱ぐ?」

「できねえ。やって」

ここまで自分の身体が自由にならないと、太郎が豹変《ひょうへん》したらヤバいことになるとわかってはいたが、ようやくのことで訪れたチャンスをふいにするのも惜しい。いずれそうなるなら、どさくさに紛れて早まってもかまうものかと、酒で気が大きくなり、大ざっぱにもなっていた修司は、太郎に主導権を譲った。

しかし――。

Tシャツと下着を残して衣服を脱がせ、代わりのスウェットを着せると、太郎は部屋を出て行ってしまった。

はあっ？　なにその紳士ぶりは。おまえのキャラじゃないだろ。

身ぐるみ剥がされまいと必死になっても、自由を奪ってまで裸に剥くのが太郎の得意技ではないか。

言ってみれば据え膳のこの状態で、お母さんのように着替えさせただけで出ていくなんて、ありえない。女の子だって絶対に怒る。

いやいや、準備しに行ったのかもしれないし。

いざことに及ぶなら、それ相応に必要なアイテムもあるのだろう。ローションとかゴムとか。太郎のことだからそれらを吟味するにも時間がかかるに違いない。なにしろ隣室のドアが開閉した音は、たしかに聞こえた。

しかし待てど暮らせど、太郎が修司の部屋に戻ってくることはなかった。苛々しているうちに眠気に襲われて、気づけば二日酔いの目覚めだった。


——失敗だ。絶好のチャンスをふいにした。

しかし太郎が修司を担ぐようにして部屋まで運び、着替えまでさせたことは、ここしばらくのアンタッチャブル状態を考えれば、大きな進歩と言えるのではないか。

ときどき手が止まってたもんな。それはアレだろ、俺の魅力にくらくらして理性が飛びそうになるのを、必死に抑えてたからだろ。

以前は修司が気絶している間に拘束したり、媚薬で動けなくしてことに及んだから、それをめちゃくちゃ非難されたのが根本にあって、酔っている修司に手を出すことをこらえたに違いない。素直なんだか衝動的なんだか、よくわからない性格だ。

ということは、修司のほうもその気バリバリだとわかれば、すべてかなぐり捨てて飛びかかってくるだろう。一度火がついた太郎を物理的に押さえ込むのは大変そうだが、そこはそれ、奴のウィークポイントは修司自身なわけで、「乱暴はやめて！　嫌いになっちゃう」的に訴えれば、フル勃起も自ら押さえつけると踏んでいる。

でも、その気バリバリって、どう伝えりゃいいんだ？

数日後、先に風呂を使って自室のベッドに横になっていた修司は、長袖Tシャツの裾から手を差し入れて、腹をボリボリと掻きながら考える。

酔っ払って帰宅した翌日から、太郎の視線が前よりも強くなった気はするのだ。それまでは気取られないように盗み見る感じだったのが、見るのに夢中になって目を逸らすタイミングを失したりしている。

つまり、太郎の関心的には高まっているということになりはしないか。それならば、この機会を逃すわけにはいかない。

んー……また裸でうろうろしてみる、とか？

しかし結界でもあるかのように迂回路《うかいろ》を取られたり、回れ右して逃げられたりする可能性が高い。そもそも裸でうろつくタイミングが風呂上りくらいしかなくて、そのときは太郎も警戒している。裸のほうじゃなくて、それを見るほうが警戒するというのもどうなんだという話だが。

じゃあ、部屋の中ならどうだ？　自分の部屋で裸でいても、文句言われる筋合いもないだろ。

閃いた修司は上体を起こしてTシャツを頭から脱ぎ、はっとした。

自慰を覗かせるというのはどうだろう。好きな相手のそういう行為なら、見ずにはいられないだろうし、当然興奮もするだろう。ドアの隙間から、ベッドの上で半裸でシコっているのが覗けたら、それこそダイブしてきてエッチになだれ込むのではないか。

気が急いていたせいもあり、修司はドアを開けて調整し、そこから見えるだろう位置でベッドに仰向けになった。太郎が安心して覗けるように、頭をドアのほうに向けるという気の配りようだ。

そいじゃ、まあ始めるか……。

考えてみれば、改めて自慰をすると意識して始めるのも妙なものだ。たいていはなんとなくモヤモヤして、気づけば下着の中に手が潜り込んでいるという流れだろう。

あっと、出しといたほうがいいよな。

ジャージを下着ごと腰までずり下ろし、まだふにゃふにゃのものを握って刺激する。

そういえば……あいつの手、でかかったなあ……。

己の手に慣れた一物は、太郎に握られて愛撫され、激しい違和感に混乱しながらも、その心地よさにあえなく陥落した。なにしろその前にはしゃぶり倒されていたのだから、無理もないと思ってほしい。

そうなんだよ。勃つ前から咥えられたのなんか初めてで……思いきり舐めてくるし。

男のプライドのようなものか、これまでの彼女には勃起していない状態を見せることはなかったし、自動的に勃っているものを舐めてもらうのがフェラチオだった。女の子の口は小さく、遠慮がちなこともあって、実質的な快感よりも行為そのものが興奮の材料だったように思う。

それがあのしつこく強引な、かつ同性ならではのツボを押さえた口戯に、修司は太郎にそんなことをされているというショックを上回る快感に襲われたのだ。さらに乳首やら尻の孔やら、これまで眼中になかった場所を刺激されて、新たな悦びに目覚めてしまった。

……うん、認める。あれは気持ちよかった。またお願いしたいと思うくらい。

気づけば修司のものは勃ち上がっていて、自らが与える快感に息が上がり、裸の胸が大きく上下していた。

あれから何度か自分でも慰めたけれど、太郎の感触はあえて記憶から締め出していた。さすがにそれをネタにオナるのはどうかと思ったからだが、ここ最近は、そんなことをしたら自分のほうが太郎に傾いているような気がして、思い出さないようにしていた。

今、こうして記憶を反芻《はんすう》しながら手を動かしていると、次から次へと細かな愛撫まで思い出され、いずれものすごい快楽に見舞われそうな期待が高まってきた。

「……んっ、……は……」

ペニスを扱くだけでなく、空いた手で唇をなぞる。あのとき、噛みつくようなキスをされ、口の中を掻き回されて思いきり舌を吸われたのが、手コキと相まって非常に気持ちよかった。キスの主導権を握られたのも、修司には初めてのことだったのだ。

夢中になっていた修司の耳に、階段を上ってくる足音が聞こえた。途中までなんのてらいもなかった足音がペースを緩め、音を消す。たぶん修司の部屋のドアが開いていることに気づいたのだろう。

きっともうすぐ太郎が、ドアの隙間から中を覗く——そう思うと、興奮の度合いが上がった。ようやく太郎をその気にさせられるということよりも、太郎にこの姿を見られることに——。

「……あっ……」

じゅわっと溢れた先走りが指の動きをなめらかにして、その心地よさに声が洩れた。つられて腰が浮き上がり、ベッドが軋《きし》みを上げる。

カツン、となにかが落ちた音が、廊下で響いた。たぶん修司を見て、髭剃《ひげそ》り用のレザーでも落としたのだろう。

……よし！

いっそう激しく自分のものを擦り立てながら、修司はだめ押しとばかりに太郎の名を呼んでみる。

「……たろ――」

バタンッ、と――修司の声を掻き消す勢いで、隣室のドアが叩きつけられた。あまりの音の大きさに、思わず手が止まったほどだ。

え……？　バタンって……。

頭を反り返らせてドアの方を見ると、隙間から見える景色には太郎の影も形もなかった。やはり今のは、自分の部屋に入った音だったようだ。

気づかなかったわけはない。覗かなかったわけでもない。その証拠に、レザーがドアの前に転がっている。自慰をしている修司を見て動揺し、落としたと思って間違いないだろう。

……違えだろっ！

見たならどうして突進してこない？　それでも男か！　襲いかかるほど修司が好きなら、この状態の修司を無視するなんてとうていできないはずだ。

いや、無視されたわけではない。レザーを落としている。反応はした。動揺も興奮もしたはず。

しかしそれを無理やり抑えつけるように、自室に籠城《ろうじょう》するという手段に出たのだ、あのヘタレは。

「……ざけんな、こんちくしょうっ……」

思うようにいかない企みと、意気地のない太郎に、修司はかつてないほど乱暴に己のものを扱き立てた。一度だけ味わった太郎の手の感触との違いが感じられて、ますます腹立たしくなる。

気持ちいいのに悔しいという敗北感に駆られた絶頂を、その晩初めて経験した。

ここまで避けられると、わざとなのではないかという気になってくる。太郎は太郎で意地になって修司に釣られないようにしているのではないか。あるいは、接触禁止なんて宣言をした修司に仕返しをしている、とか。

……いやでも、そこまで考えるようなタマだろうか。

エロ方面には変態だが、基本的に素直な性格だ。修司が激怒したので、嫌われないように接触を断っていると思いたい。

単純すぎて、修司の複雑な男心が解せないから、逃げる一方なのだと思いもするのだが――。

『あ、修司？　太郎ちゃん元気？』

「元気だよ。俺も太郎も。そっちはどう？」

母からの定期連絡に、ため息をつきながら答える。

……なんかもう、疲れてきた……。

『あんたはちょっと元気なくない？』

さすが母親、鋭い。だが、説明する気はない。互いのためだ。なにごとにもポジティブ思考の母だが、息子が甥っ子を籠絡しようと奮闘中だなんて知ったら、さすがに固まるだろう。

「いや、寝不足」

『だめよ、睡眠は取らなきゃ。お肌の大敵なんだから』

「関係ねえ。それよりいつまでそっちにいんの？」

『それなんだけど、もう少し――』

最愛の夫と再会したせいで名残《なごり》惜しいらしく、あれこれ理由をつけながら、けっきょく具体的な帰宅時期について不明のまま電話は切れた。

いいけどね。おふくろが帰ってきても、なにが変わるわけでもないだろうし。

いや、ちょっとは気が紛れるだろうか。太郎にとっても自分にとっても。修司が太郎に自慰を見せつけたことは、太郎が知らないふりをしていることで、修司もまた気づかれなかったふりを通すしかなくなっている。つまり表面上は、そんな事実は存在しなかったものとして生活しているのだ。

しかし太郎の視線は以前にも増して強くなり、今や触感を覚えるほどねちっこい。背後にいる太郎が、修司のどの辺を見ているかわかるくらいだ。そのほとんどが腰回りに注がれているのもたまらない。

そんなにガン見するくらいなら、手でもチンコでも出せばいいだろ！

――何度そう言いたくなったことか。

きっと太郎の妄想の中では、修司はめちゃくちゃに犯されているのに違いない。顔と言わず身体と言わず隈《くま》なく舐め回され、快感に抗いきれずに射精すれば、きっと出した精液も舐め尽くされて。

『おまえにも飲ませてやるよ』

ニヒルにほくそ笑んだ太郎が、天を衝く剛直をおもむろに修司の孔に捩じ込み、悲鳴が大きくなるにつれて深々と押し開き――。

……いやいや、それは動画の話だ。

幸か不幸かこれまで同性との性的接触に無縁だった修司なので、太郎からそういう目で見られていると知り、そのうちそれでも太郎を身近に置いておきたいと覚悟を決めてから、具体的な行為内容をインターネットで検索した。なかなか迫力ある絵面が多く、滑稽《こっけい》に見えるものもあったが、ペニスしろ尻の孔にしろ自分の身体に備わっているものだけに、そこに与えられる刺激は想像がつく。自慢ではないが、半ば経験済みだし。検索で出てくるものはＡＶ系の常で巨根男優が多く、しかしそれを受け入れて気持ちよさそうに喘いでいる相手役を見ると、修司にだってできないことではないはずだと思う。

俺がそこまで腹を括ってるってのに、あの腰抜けは……。

だいたいなんなんだろう。ストーカー紛いに執念深く写真や私物を掻き集めて、ボディタッチや風呂場に乱入では飽き足らず、修司の自由を奪うような状況で弄んだくせに、一喝《いっかつ》されただけで借りてきた猫みたいに豹変しやがって。

修司が譲歩しまくって段取りを整えてやっているというのに、尻込みしているばかりではないか。

……マジ、疲れた……。

修司はリビングのソファに寝そべって、クッションを抱えて目を閉じる。

べつにどうしてもと言うわけではない。むしろもともと修司としては、ふつうに従兄弟としてやっていくのがベストだと思っていた。というか、太郎とエロ含みの恋愛なんて想定外だった。

こんなことになったのは太郎のせいで、好きだ好きだと熱弁を振るわれたから、ほだされただけなのだ。今さら太郎が逃げ腰になったとしても、ああそうですかと自分も引けばいいだけの話ではないのか。

そうだよ。従兄弟同士でくっついちゃいましたなんて、男女ならまだしも俺と太郎じゃ、ばれたときに家族だって混乱するだろ。

このまま元の鞘《さや》に納まることが、当事者を含め誰にとってもいいことなのだ。そもそも恋愛はふたりでするもので、一方が逃げ出しているなら、うまく事を運ぶ以前の問題で成り立たない。

初めは俺がだめで、今は太郎がそうで……つまりこの関係はずっと無理なままってことだよな。

積極的になっている修司自身も、いざ事が進んだとしたら、このモチベーションが保てるかどうかは確信がない。修司の行動原理は、太郎が他の誰かとくっつくのが納得できないというものだ。俺が好きなんじゃねえのかよ、裏切り者的な、ある意味ひどく子どもっぽい独占欲なのではないかという気もする。

昨晩もそんなことを考えて寝不足だったせいか、流したままのテレビの音も遠くなってきた。夕食のエビと白身魚のフリッターも旨く満腹で、その後ゆっくり湯船に浸かって身体はぽかぽかと温まり、心地いい眠りが忍び寄ってくる――。

「……修ちゃん？」

遠慮がちな声が柔らかく鼓膜を震わせ、修司の意識を眠りの淵《ふち》から掬《すく》い上げようとした。しかし、まだ身体にまで伝わらない。

閉じた瞼の裏にふっと影が差し、湿ったボディソープの匂いが鼻腔に忍び込んでくる。太郎が風呂から出たのだろう。

ソファに横たわった修司の前に立っているようだが、動く気配がない。憶えのある視線が注がれているのを感じて、修司は次第に意識を覚醒《かくせい》させていった。

え……？　まさか、ついに……なのか……？

テレビはつけっぱなしのはずだが、それよりも大きく自分の心音が響き出す。寝たふりをしているのに、鼓動で太郎に気づかれてしまうのではないかと思うほど。

ことり、とテーブルにグラスを置く音がした。その動きで太郎が近づく空気の流れを感じ、修司の緊張がいや増す。

「風邪ひくよ」

ふわりと身体を覆ったのは、リビングに置いてあったブランケットだろう。母曰く、専業主婦の休憩タイムの必需品、なのだそうだ。

思いやりからの行為が、期待していた修司には拍子抜けどころか失望に脱力するほどで、しかも情けなさまで湧いてくる。今しがた、だめならだめでいいだろうと思っていたくせに、この落ち込みようはどうしたことか。それほど自分は、太郎とどうにかなりたいと願っているのだろうか。

うるせえ、ほっとけよっ！　——と、いっそ振り払おうとしたところに、太郎の手が毛布の上から肩に触れた。

「……頼むから──」

声も驚くほど近くて、吐息が頬を掠めたほどだ。

「あんまり隙を見せないでよ……嫌われたくないんだ……」

……なん、だ……って……？

嫌われるってどういうことだ。修司のどこを見て、そう思うのか。以前ならいざ知らず、今の修司が太郎に対してどう思い、どう振る舞っているか、なぜわからないのか。

太郎の鈍さに腹立たしさを通り越して呆れ返る一方、修司が口にした接触禁止を頑《かたく》なに守ろうとする意志の裏側に、太郎の気持ちを改めて感じた。

変わっていない。太郎は今も修司のことが好きで、それは肉体的な欲求も込みで、しかし修司の意思を尊重しようと自制しているのだ。

……なんなんだよ、おまえは……。

ゆっくり立ち上がってソファを離れていく太郎の気配に、修司は今度こそ跳ね起きて引き止めたい衝動に駆られた。

嬉しい。そして、愛《いと》しいとも思う。

物心ついたときから一途に思い続けてくれた太郎の気持ちが、年齢とともに恋愛感情に変化し、修司の身も心も欲しているのだと、今ようやく理解できた気がする。

だからこそ、自分もちゃんと向き合わなければいけないのではないか。どうしてもと望まれるならまあいいや、なんて状態で受け入れてはだめだと思う。
覚悟を決める——ときなのかもしれない。

それでもなにが変わったということもなく、日々が過ぎた。

いや、微妙な変化はある。修司は太郎に対して、意地を張ることはやめた。不必要にけしかけるような態度も取らないようにした。

その代わりに、触れたいと思ったら遠慮なく触れる。笑いたいときには心から笑う。と言ってもその暮らしぶりはふつうの従兄弟同士の範疇《はんちゅう》で、甘さや色っぽさとは無縁のものだったが。

「ううう、痛え……」

ふだんはアルバイトもしていない修司だが、今月はクリスマスという一大イベントがあるので、臨時収入を得るべく二日続けて引っ越し屋で単発のバイトをした。太郎になにかプレゼントして、膠着《こうちゃく》状態を脱する狙いだ。

いっそ修司のほうから告白するという案も考えはしたが、やはりここは太郎からのアクションを待ちたい。これまであの手この手で行動を促してきたのだし。

というよりも熱烈に乞われるという状況が、思いのほかに修司のハートを揺さぶっているようなのだ。そこに自分に対する強い想いが感じられる。絶対に翻《ひるがえ》ることはないだろうという安心感も。

もちろん仕向ける以上は、ちゃんとOKするつもりでいる。いやもうとっくに、告白待ちの状態になって久しい。

プレゼントはそのための誘導アイテムのようなものだ。告白を待つ分、鈍感な太郎に少しでも修司の好意が伝わるように。そして勢いに乗れるように。

しかしアルバイトは選ぶべきだった。日ごろろくに身体を動かすこともないのに、延々と重いものを運んだものだから、半端なく筋肉痛に襲われている。

「修ちゃん、湿布《しっぷ》買ってきたよ。筋肉痛にはこれがいちばん効くって」

リビングのソファで伸びていた修司を気にして、太郎はドラッグストアへ走り、湿布薬やら飲み薬やらを買い込んで戻ってきた。

「ああ、サンキュ。やっぱ腰がいちばんキてるかな――あたた……」

起き上がってシャツの裾を捲り上げ、痛みが生じる場所を示すと、箱からシートを取り出していた太郎の手が止まった。窺うように修司を見る。

「えっと……貼る？」

「頼む。捻っただけで痛えわ」

太郎は頷いて屈み込み、非常に遠慮がちにシートを貼りつけたが、できるだけ触れないようにしているせいでしわが寄ってしまったようだ。

「あー、なんだよ。もっとしっかり貼ってくれって」

「え……や、あんまり強く押したら痛いかと思って」

嘘だね。感触が伝わったら、自分のほうがドキドキするからだろ。それで辛抱たまらなくなって襲いかかったりしたら、俺に嫌われると思ってんだよな。

可愛くて、修司のほうがこの野郎と手を出したくなる。

「あとは肩と二の腕かな。でも、湿布だらけになりそう」

「これは？　クリーム。まんべんなく塗れるし」

「おう、頼む」

修司はシャツを脱いで、太郎に背中を向けた。見えなくても動揺しているのがわかる。シートはできるだけ素肌に触れないようにしたらしいが、これは回避のしようがない。

困惑している太郎に心が躍るなんて、悪趣味と言われるかもしれないが、修司に想いを寄せているからこその反応なのだ。悪い気はしなくて当然だろう。

肩にそっと大きな手のひらが触れ、包むようにゆっくりと撫で回される。たちまちひやりとする刺激が広がっていって、太郎の手の感触は追いやられてしまうが、触れられているという事実に修司は満足する。

こちらから接触禁止を言い渡したとはいえ、今の修司はそれを解除する気でいる。身勝手な言い分かもしれないが、あまりにも頑なに守られると、触れたくないと思われているようで傷つく。

傷つく、って……。

自分の思考が大げさで、修司は思わず笑みを洩らした。

「修ちゃん？」

「や、なんでもない。くすぐったかっただけ」

「あ、ごめん……」

慌てたように離れていった太郎の手が名残惜しい。

いや、まだまだ。せっかくここまで待ったんだから、こいつがアプローチしてくるまで待とうぜ。

鳴かせてみようが鳴くまで待とうに変わったのは、太郎の心中を知ったからだろうか。

「そういやおまえ、クリスマスはどうすんの？　バイト？」

書き入れどきだろうから、売れっ子の太郎を手放しはしないだろうが、丸一日働くわけではないはずだ。日ごろのスケジュールなら、夜は空いている。

今からではちょっとしたレストランは予約でいっぱいだろうし、男ふたりというのも気恥ずかしい。いつも太郎に食事を作ってもらっているから、今回は自分が、というのも、料理慣れしていない修司にはハードルが高い。逆効果になる可能性も大だ。

たぶんケータリングやテイクアウトになるが、それもまた気楽でいいだろう。

そんなことを考えていた修司の耳に、意外な言葉が返る。

「いや、休みもらったんだ。二十三日から二十七日まで。店は二十八日から年末年始休暇になるんで、三日まで休み」

「えっ……そりゃ超大型連休じゃん。あ……もしかしてアメリカに帰る？」

それだけ時間があれば、帰国してもゆっくり過ごせるだろう。そもそも年末年始は家族と過ごす習慣があるお国柄ではなかったか。特に今回は進学先も決まったことだし、ジェンキンズ一家も太郎を祝うつもりだろう。

自分の都合で考えていた修司は、そういう可能性があることが頭からすっかり抜け落ちていた。

……なんだ。ひとりで先走ってたな。じゃあ、俺ひとりか。ちょっと……がっかり。

「ハイスクールの友だちが来日するんだ。ふたり。なんかライブを見に来るらしくて。ついでに観光案内しろって言われて」

「あ……──」

一気に気持ちが浮上するという体験を、修司は初めて味わった。ひとりじゃない、というか太郎がいる。しかもアルバイトは完全休暇で、一緒の時間も増える。

アメリカの友人の観光案内という役はあるが、それだって数日のことだろう。二十四時間つきっきりになるわけではないはずだ。

「な、なんだ、そうか。ふうん、アメリカの友だちが。いいじゃん、つきあってやれよ。おまえも懐かしいだろ」

女の子がわらわら押し寄せるカフェに置いておくよりずっといい。このタイミングで来日する太郎の友人には感謝したいくらいだ。

「そんで？　どこ案内するって？」

「うん、京都は自分たちで回るって言ってたから、都内周辺かな」

観光と聞いて、京都や奈良といった遠方の可能性も頭をよぎったが、それなら泊まりがけで出かけることもない。見たこともない太郎の友人に、ますます好感を持つ。

「そっか。都内ならスカイツリーは外せないだろ。流れで浅草周辺回って……あ、水上バスで移動ってのもいいんじゃね？」

いそいそと案を出す修司に、太郎は面食らったように頷いていた。

二十三日の夜、太郎は疲れ半分興奮半分といった面持ちで帰宅した。

「おう、お疲れ」

「ごめん、もっと早く帰るつもりだったんだけど、買い物が長引いちゃって」

「いいって。久しぶりの再会だもんな」

早朝、羽田空港に到着した友人のダンとマイクを迎えに行った太郎は、その足で都内観光に回ったらしい。フライト時間だけでも長かっただろうに、時差ボケものともせず歩き回るとは、さすがパワーオブアメリカだ。

元気だったかとは訊くだけ無駄な気がしたので、どの辺を案内したのか尋ねると太郎は口ごもった。

「今日はたいして回ってないんだよ。とにかく目当ての買い物を最優先したいって……秋葉原にね」

「アキバ……ああ！　ＭＩＴ《マサチューセッツ工科大学》に行ってるんだっけ」

世界的に有名な工科大学に進学したという、優秀な彼らだから、機械や家電の専門店がひしめく秋葉原は宝の山のようなものだろう。外国人客にも人気スポットだという話だし。

「なるほどね。マニアには垂涎《すいぜん》の場所だろうからな」

「うん、聖地だって言ってた」

修司は大学で学ぶだけで充分だが、理系連中には公私ともに機械にまみれていたいという輩がいるのもたしかだ。秋葉原を聖地とまで崇めるかどうかはともかく。

「なんとかホテルまで送っていったけど、まだもの足りないらしくて。今日行けなかったところを明日回るつもりなんだけど、なんかまた秋葉原にいそうな感じ」

はあ、とため息をつく太郎に、修司も首を捻る。

明日はクリスマスイブだ。夜はふたりで自宅パーティーをしようという計画だが、今日の様子では時間がずれこむ可能性が高い。

買い物につきあわされる太郎も気の毒だし、いつ戻ってくるかと待たされる修司も落ち着かない。

「あ、じゃあさ、夕食はうちで食べることにすれば？」

「えっ、でも……悪いよ」

「待ちぼうけ食らわされるよりいい。七時には来いって言われたって、伝えりゃいいだろ。手巻き寿司にするつもりだったし、ちょうどいいんじゃね？」

「俺は修ちゃんとふたりのほうがいいけど……」

ぼそりと洩れた呟きはしっかり聞き取ったが、気づかなかったふりに留めて、腹の中でにんまりする。

俺だっておまえとふたりきりのほうがいいよ。なんたってクリスマスだし。

けれど、じゃま者がいても一緒にいるほうがいい。太郎の友人なら、点数を稼いでおいて損はないし。

「ま、てきとうに腹ごしらえさせて帰して、後はゆっくりすりゃいいじゃん。まさかまた連れ出されるってことはないだろ」

「ハジメマシテー。ダン・ウィルソンデス」

「コバンワ。マイク・コナーデス」

名前の部分だけネイティブな発音のままの自己紹介と、太郎を上回る高身長に、玄関に迎えに出た修司は圧倒されて頷いた。

「あ……ああ。ダンとマイクね。いらっしゃい、修司です。さ、どうぞ上がって」

片言ながら日本語が通じるとのことなので、日本語で通すつもりだが、それでもなんとなく口調が怪しくなってしまうのは、日本人の性だろうか。

大男が三人もひしめいていると鬱陶しいことこの上なく、まずはリビングまで移動させる。

「コレ、オミヤゲ。アー……サ、サシイレ？」

買い物らしき大荷物の他に、缶ビールやらワインやらを両手に下げている。

「あれ？　きみらも十八だよな？　たしか現地の法律に準じるはずだけど……ま、いっか。外で飲むわけじゃないし」

ビールサーバーごと飲み干してもケロリとしていそうなガタイのふたりに、修司も細かいことを言うのはやめた。

「それにしてもすげえ荷物だな。なに買ったの？　そっちの和室に置いとくといいよ」

「タカラモノー！　ワカナ○×▲※☆◆◎！」

手に入ったのがよほど嬉しかったのか、後半は興奮のあまりの雄叫びとなって、なにを言っているのか修司には聞き取れなかった。もとより読み書きはともかく、ヒアリングとスピーキングは苦手だ。これも典型的な日本人。

「オー！　タタミ！　Amazing!」

「Japanese traditional!」

畳に頬擦りしたり匂いを嗅いだりと、でかい図体のわりにやることが無邪気で、修司は苦笑しながら太郎に提案する。

「和室に移動するか？　座卓出してくれ」

「ごめんね、なんかはしゃいでて。ずっとテンション上がりっぱなしなんだよ」

「遠慮されるよりいいさ。せっかくだしな」

時間厳守を言い渡してあったので、準備は整っていて後は運ぶだけだ。酢飯《すめし》や刺身を盛った皿や、海苔《のり》、しょうゆといった日本食品が並ぶのを見て、ダンとマイクは座り直して食卓に見入る。

「エビの天ぷらとツナマヨも足しといた。出来合いだけどな。生がだめでも、これならなんとかいけるだろ?」

「ほんとに気をつかわなくてだいじょうぶだから——あ、正座しなくていいよ。足が痺れると思——あ、日本語だった。えっと——」

友人と修司の間に立っているせいか、太郎がいちばん落ち着かない様子で、双方に遠慮がちなのがおかしい。

「カンパイ?」

「カンパイ! Beerでカンパイー!」

「ああ、はいはい、ビールな。じゃ、俺も飲もうかな。太郎はどうする?」

ダンとマイクに缶ビールを手渡しながら訊くと、太郎は一瞬手を伸ばしかけたが、首を振ってペットボトルを選んだ。

「……いや、ウーロン茶にする」

そこはせめてコークだろ、とダンが突っ込んでいたが、それを聞いて修司はげんなりした。向こうでは寿司のお供に甘い炭酸飲料なのだろうか。

高らかに乾杯して、手巻き寿司の作り方をレクチャーする。注意したのに、海苔の大きさに対してごはんや具材を盛りすぎで、巻く段階で四苦八苦していたが、二個目三個目と上達したようだ。

「オイシイネー。Beerガススムネー」

「ウナギ？　カバヤキ？」

「それはアナゴ。ウナギ食ったことあるの？」

「アルヨ。ヒマツブシ」

「日本人レベルのダジャレを言うな」

太郎の友人だけに気のいい奴らで、招待したのは正解だったなと思う。少なくとも、いつ帰宅するかと待っているよりは断然よかった。

話題はハイスクール時代の太郎のことから、アメリカの大学と日本の大学の比較まで、硬軟《こうなん》取り混ぜて会話が弾む。手巻き寿司と一緒にビールも次々と消費され、いつしか差し入れのワインの栓も抜かれて、ボトルの中身はあと少しだ。

「飲み足りねえな。なんかあったっけ？」

修司は腰を上げて、心地よい酔いにふらふらしながらキッチンへ向かった。しかし父が単身赴任して久しい空木家には、基本的にアルコール類の常備がない。母は飲まないし、修司も家では飲まないからだ。

いつのものかわからない缶チューハイを冷蔵庫の奥から発掘したが、そのまま戻して食費用の財布を取り出す。

「買い出ししてくる。なにがいい？」

和室に声をかけると、ビールだの焼酎《しょうちゅう》だのという声と一緒に、太郎が飛び出してきた。

「もういいよ、修ちゃん。お茶出すから。足もとふらついてる。危ないって」

「そういうわけにはいかねえだろ、こっちが招待したんだから。おもてなしの精神だよ」

それを聞いた太郎は和室を振り返り、ため息をついた。

「じゃあ、俺が行ってくる」

修司から財布を取り上げると、もう一度和室を見て、玄関へ駆け出して行った。

まあ、修司のほうもそこまで酒盛りがしたいわけでもない。しかし歓迎したという形は残しておきたいじゃないか。それにけっこうな量を飲んだわけで、あと少し追加すれば、彼らも撤収すると思うのだ。

「太郎が買いに行ってくれた。これで待ってような」

それぞれのグラスにワインの残りを注ぎ足し、空のボトルを畳の上に置いたつもりが、手もとがおぼつかなくて転がる。それをマイクが置き直し、修司に向かってにっと笑った。

「ヨッパライ。アカイネー」

自分の頬を示す。

「そっちだって顔中ピンクじゃねえか。ほら、首まで――」

「――ワカナ」

ダンがぼそっと呟いた。

「ん？　なんだって？」

怪訝に思う修司の横で、マイクが大きく頷く。

「Oh……yes!　ワカナ！」

「なんだよ、ワカナって。そういやさっきも――」

ダンは特大の買い物袋を開けて中身を掻き回していたが、やがて掴んだものを高らかに振り上げた。

「ワカナ！」

マイクも唱和して拳を上げる。取り出されたのは箱に入った人形だった。いわゆるフィギュアというやつだ。アニメかなにかのキャラクターなのだろう、セーラー服を着たショートヘアの女の子だ。

興奮気味のふたりを前に呆気にとられていた修司は、買い物袋の中がすべてそういった戦利品だと気づいた。ＭＩＴもなにも関係ない、彼らはお気に入りのキャラクターグッズを求めて、昨日今日と秋葉原をうろついていたのだろう。

……なんだよ、オタクってことか……。

勝手に勘違いしていたのは修司だが、太郎もそれならそうと言ってくれればよかったのに、と思ううちに強烈な笑いが込み上げてきた。

「ふははは っ、そうか！　それがワカナか！」

修司の反応にダンとマイクは目を瞠ったが、すぐに嬉々としてお宝のお披露目《ひろめ》を始める。とにかくそのワカナとやらの絵がついていればいいとばかりに、アイテムは多岐《たき》に亘《わた》っていた。

「えっ、なにこれ？　紺の靴下？　マイクには履けねえだろ。こういうのは女子高生が履くもんだって」

「ジョシコウセイ！　ワカナ！」

そこにダンが、得意満面でビニールに入った布を突き出す。服だ。白い上着にモスグリーンの襟とスカートのセーラー服。ワカナが着ているのと同じ、だと思う。

「コスプレ！」

ダンはいそいそとビニール袋を開けると、止める間もなくTシャツと下着だけになり、セーラー服を着ようとする。

「や、ちょっと待て！　無理……ぶほっ……やぶ、破けるって！」

スカートはファスナーも上がらないし、上着に至っては袖を通しただけで羽織れない状態だ。

「着るならサイズ確認しとけよ。ま、なかったのかもしれないけどさ」

しょんぼりとしたダンがセーラー服を脱いで、修司に差し出した。

「は……？　俺!?　いや、それはない――」

「ワカナー……」

くる。

箱入りのフィギュアを眼前に突き出され、横に並んだ悲しげな顔に、また笑いが込み上げて
「……しゃあねえな。よし！　余興だ！」

修司が服を脱ぎ出したのを見ると、ダンとマイクは拍手喝采で目を輝かせた。ちらりと見た限りでは2Lサイズと表記してあったが、男が着用できるのかどうか――。

わ、余裕だし。男用？　のはずはないよな？

難なく着用した修司に、マイクがヘアピンを差し出した。ワカナが留めているのと同じデザインらしい。

「はいはい。こうなったら徹底してやりますよ」

下ろし気味の前髪にヘアピンを留めて、どうだ、とふたりを見返すと、青と茶色の目を見開いて修司を凝視していた。アメージングだのジーザスだのと呟いている。ボキャブラリーが乏《とぼ》しいなと思いながらも、まあ気分は悪くない。

「その靴下も貸せよ。スネ毛が隠れたほうがそれっぽいだろ」

実際のところどんな具合なのか、鏡もなかったのでわからないが、ダンやマイクよりは断然マシだろう。自分で確認しようがなくて、彼らの反応がいいのだから、得意にもなるというものだ。

「あれ……？　やっぱちいせえな。踵《かかと》の位置が合わねえや。ま、いっか」

靴下を引き上げていると、いきなり背後からホールドされた。

「ワカナーっ！」

「うおっ⁉」

マイクに羽交い絞めにされて、頬やら首筋やらに唇を押しつけられる。アルコールとボディローションと体臭が入り混じった匂いに、修司は「うっ」となりながら、太い腕を引き剥がそうと爪を立てた。

「てめっ、なに調子こいて——うわあっ！」

気を取られている間に、前にいたダンが修司の膝を撫で上げてくる。湿った手のひらが剥き出しの太腿を這い上がって、今にも短いスカートの中に侵入しそうだ。

前門の虎後門の狼とはまさにこの状態かなどと感心している場合ではなく、修司は全身を捩って喚《わめ》いた。

「ざけんなよ、てめえら！　キモいんだよ！　放せっ！」

しかし修司の抵抗など、ガチムチ二名にはまったく効き目がない。上着の裾から潜り込んできたマイクの手にぺたんこの胸を撫で回され、ダンに両足首を掴まれて開脚され、その間に陣取られる。ダンはすでにデニムを穿いていたが、その股間が異様に膨らんでいるのは明らかだったし、背後からマイクが密着している腰にもごりごりした感触があって、発情した虎と狼に対する恐怖と嫌悪に、修司は思わず叫んだ。

「太郎ーっ！」

――と、玄関の方から凄まじい勢いの足音が近づいてきて、太郎が和室の手前のリビングで仁王立ちになった。

なんという絶妙のタイミング、危機一髪――まさに絶体絶命の状況だったにもかかわらず、そんな言葉が浮かぶくらいに、正義の味方よろしく太郎は登場した。

「……な、なに……」

しかし太郎も、修司の悲鳴で駆けつけたものの、この状況は予想外だったらしい。主に修司のセーラー服コスプレに。呆然と立ち尽くしていたが、すぐに鬼神のごとき形相《ぎょうそう》になって和室に飛び込んできて、ダンとマイクを蹴り飛ばした。

「修ちゃん！　だいじょうぶ⁉　なにもされてない⁉」

「え……？　あ、ああ……」

一連の出来事にすっかり酔いも吹き飛んで、修司は恐ろしいやら恥ずかしいやらで、それこそ痴漢に襲われた女子高生のように、自分を抱きしめて蹲《うずくま》る。

それを見た太郎はキッと友人ふたりを睨みつけ、激しく叱責《しっせき》した。現地人ならではのスラングも交じっているらしく、修司には聞き取れなかったが、激怒しているのは伝わってきた。

ふと太郎は修司を見下ろし、跪《ひざまず》くと包むように抱きしめてきた。こんなにしっかりと触れてきたのは、接触禁止の発端となった件以来だ。

そういえばあのときだって、今と似たようなもんだったのに……。

いや、それ以上だ。それなのになぜ太郎のことは許すことができて、ふたり暮らしを継続できたばかりか、自分のほうからアプローチするほどになったのだろう。ダンとマイクの行為には、今も震えが止まらないのに。

ダンとマイクもやりすぎた自分たちに気づいたのか、太郎の剣幕に酔いも醒《さ》めたのか、部屋の隅にふたり並んで項垂《うなだ》れている。太郎に蹴られて、早くも顎や頬が腫《は》れ始めていた。当人たちはそれにも気づいていないらしく、決まり悪そうに何度か咳《せき》払いを繰り返し、遠慮がちに太郎に呼びかけた。

『ちょっとした悪ふざけだったんだ。でもシュージがあまりにもワカナそっくりで、つい……』

『実際にどうにかしようなんて考えてなかった。当然だろう?』

そういった自己弁護を口々に訴えていたが、太郎は低い声を発する。修司までぞっとするほど。

『これ以上殴られたくなかったら、さっさと出ていけ』

ダンとマイクは嘆きのアクションの後、荷物を手に移動を始めた。はっとしたようにセーラー服の修司を指差しそうになったが、太郎に威嚇《いかく》されたのか、諦めて首を振りながら玄関に向かう。

ドアの開閉音を聞いて、修司はようやく震える息を吐き出した。

「ごめんね、怖い目に遭わせて」

依然として厚い胸に包まれたまま、頭上から聞こえた声に、修司は呟く。

「怖かったよ……」

そうだ。太郎のときとは全然違った。

腐れ縁の独占欲から太郎を手放したくなくて、難点は呑み込むつもりでいた。なによりこんなに好かれているのだから、受け止めてやってもいいじゃないかと。

そんな受け身な気持ちじゃない。太郎でもいいや、ではなく――。

修司は太郎の肩に腕を回した。

「おまえじゃなきゃ……やだ」


しかしワカナコスプレの自分がなにを言っても、どうにも格好がつかず、また太郎が鼻をヒクヒクさせて「マイクの匂いがする」とか言うものだから、着替えついでにシャワーを浴びようと浴室へ逃げた。

それにしても……いっつもへらへらしてるくせに、激変したな。

修司を押さえつけたダンとマイクに躍りかかり、確実にキックを決めたところなど、ハリウッド映画とまでは言わないが、へたな役者のアクションシーンよりずっとさまになっていた。目力も低い声も、ふだんの太郎とは見違えるほどの迫力で――。

……カッコよかったかも……。

その一方で修司に対してはとことん激甘に接するので、脅えていたせいもあり、つい言ってしまったのだ。

『おまえじゃなきゃ……やだ』

思い出しても恥ずかしい。これからどんな顔をして太郎に会えばいいのか。しかしあれは、修司の本心でもある――のだ。

時間をかけて匂いを落とし、歯磨きまでして長袖Tシャツとルームパンツに着替えたが、洗面所を出にくい。かといって籠城するわけにもいかないので、こそこそと廊下を進む。

太郎は宴会の後片付けをほぼ済ませて、コーヒーの匂いが漂うキッチンでグラスや皿を拭いていた。

「……えっと、さっきは――」

「あ、出た？　長いから見に行こうとしてたんだ。酔いが回ったのかと思って」

「いや、平気」

「コーヒーできてるから、注いでくれる？　俺の部屋に持っていって」

まるでなにもなかったかのように振る舞う太郎に、修司は拍子抜けしながらもほっとする。

マグカップに注いだコーヒーを両手に持って階段を上がり、よく考えることもなく太郎の部屋に入った。

あれ以来ここに入ることはなかったが、特に変わったところはなく、相変わらず整然としている。

ま、いろいろ隠してあったけどな。

それもまた太郎の一面だと、今は思うようになっていた。というよりも、そんなところがあっても太郎がいいのだから、しかたがない。修司を好きすぎてのことだと、言えなくもないし。

パソコンデスクにカップを置いて椅子に座っていると、階段を上がってくる足音がして、太郎が姿を現した。

「酔いも醒めたみたいだね」

そう言って修司の顔を覗き込み、腕組みをする。

「酒が入ってたにしても、迂闊すぎるよ。あいつらの前であんなカッコして、なに考えてんの」

いきなり小言を食らわされ、修司は反射的に反論した。

「知らねえよ！　なに考えてるって言うなら、あいつらだろ。オタクだってことも知らなかったんだから。荷物見せられてびっくりだよ」

「あー、それは……ごめん、ちょっと言いにくかった。アニメとかキャラものとか、修ちゃんに引かれるかと思って。でも、二日も秋葉原に行ったたって言ったんだから、なんとなくわかっただろ？」

「機械パーツとかパソコンだと思ったんだよ。ＭＩＴだって言うし……まあ、それもずいぶんマニアだなと思ったけど」

修司の言いわけに、太郎は「そういうのもあったっけ」と呟きながら、頭を振ってため息をついた。

「優秀だけど筋金入りのオタクだから。ふたりとも。ライブも声優のやつみたい」

「うえ、アメリカから？　すげえな」

突き詰めるとオタクでも感心するというか、やはり呆れるというか。それほどのファンなら、修司のコスプレでもクるところがあったのだろう。ヤバいスイッチが入るくらいに。

マジ、危なかったかも……。

思い出して震えが走り、そんな自分が情けなくもあり、笑ってごまかす。

「へへ、やっぱ迂闊だったたな。危うく貞操《ていそう》の危機だったわ。絶賛されたもんだから、つい調子に乗っちまって――」

いきなり太郎がしゃがみ込んで、修司の膝に額を押しつけた。

「……無事でよかった……」

心から安堵している様子が伝わってきて、修司は自分の行動を反省するとともに、太郎の愛情を感じて胸が熱くなった。

「おまえが来てくれたから。でも、セーラー服姿なんて披露しちゃったけどな。あれは末代までの恥だ」

「似合ってたけどね。エプロン姿と同じくらい」

その言葉に、頭を小突く。料理の手伝いをしたときにガン見していたのは、あのフリフリエプロンのせいだったのか。

「おまえの目もどうかしてるっての。あ、あれ返しといて。せっかく買ったやつだろ」

とんでもない展開になりはしたが、悪ふざけに乗った修司にもまったく非がないとは言えないので、そう伝える。彼らも未練があるだろう。

「なに言ってんの！」

しかし太郎はキッと顔を上げた。

「返さないよ。返せるもんか」

「でも、もともと自分で着ようとしてたし」

「じゃあ、新品買って返しとく」

「は？　そっちのほうが気づかいしすぎじゃねえの」

「だってあのセーラー服は、修ちゃんが着たじゃないか！　そんなの、他のやつに渡さない！」

うわ、出た。こいつのマニア度のほうが上だわ。ていうか、変態度？

「……おまえのそういうとこ、やっぱりついていけない……」

修司を好きだから、というのはわかるし、嬉しいのだが、なにごとも度が過ぎると、一般人の修司は引いてしまう。

「でも、俺じゃなきゃ嫌だって言ってくれたよね？」

手を握られ、ヘーゼルグリーンの瞳で見つめられて、引いていたはずなのに胸が高鳴ってくる。

「……や、それは……」

「違うの？」

ああ、もうずるい！　そんな悩ましげに見つめられたら……。

つかの間逡巡《しゅんじゅん》した修司だが、もう潮時だということもわかっていた。危機一髪救い出されたことで、太郎に対する気持ちはかつてなく盛り上がってもいる。こいつでもいい、ではなく、太郎がいいのだと、自覚もした。

あの焦れったくやきもきした日々を振り返ると、ここでまた繰り返すなんてばかみたいだとも思う。だから——。

「……違わない。おまえがいい」

それを聞いた太郎はぱあっと顔を輝かせ、立ち上がると同時に修司をお姫さま抱っこして、ぐるぐると回った。

「ちょっ、太郎っ……やめ——怖いって！　ぶつかるって！　下ろせーっ」

しがみついた修司が叫んでも、よけいに何回か回ってから、ようやく床に下ろされる。なんて力だ。いや、力があるのは過去にいろいろと実証済みだが。

修司のほうは目が回ってしまってよろけ、ルームパンツの裾を踏んで半分ずり落ちそうになっている。それを引き上げようとしたのに、逆の力が働いて、足首まで引き下ろされた。

「なっ……なんだよ、おまえ！　いきなり——」

「俺ならいいんでしょ？」

同じヘーゼルグリーンの瞳なのに、先ほどとは違って挑発的な、またどこか狡賢い色を帯びて、修司の言葉を奪う。

「……それ、は……」

太郎の気持ちを受け入れたら、身体の関係もセットで付いてくることは、何度も自問自答して納得済みだ。どうしても嫌だということもない。

「……そう、だけど……心の準備が……ていうか、もうちょっと……」

もうちょっと、なんだというのだろう？　雰囲気を作って、とか？　それではまるで乙女ではないかと、自分に突っ込みたくなって言いよどんでいる間に、太郎はクローゼットを開けてなにかを引っ張り出している。

「これ！」

振り向いたときにはものすごく期待に満ちた顔で、黒い布と猫耳のカチューシャを手にしていた。

「……は？　えっと……」

修司は長袖Tシャツ一枚の自分の間抜けな格好も忘れて、棒立ちで太郎とその手にあるものを見比べる。

「あいつらにセーラー服着て見せたなら、俺の頼みも聞いてよね」

「……いや、その言い分もどうかと思うけど……そもそもそれはなんだよ？」

「黒ヒョウに決まってるじゃないか」

「く……――」

黒ヒョウ？　といえば忘れもしない、いや、ずっと忘れていたけれど、最近思い出した黒歴史のアレか！

「ほら、全身タイツと……耳ね！　形も吟味したんだよ。これがいちばんいい感じだと思う。それとこれ！　可愛いだろ、ケモノ手足」

どさどさとベッドに広げられた一式を、太郎は満足げに眺めている。その横で、修司は頭を抱えた。こんなものをいつ買い揃えたのだろう。

わかってた……わかってたんだよ、こいつが変な奴だってことは……。

だからこそ初めのうちは、好きだなんだと言われても、絶対に無理だと思っていたのだ。しかし今は、それを差し引いても太郎がいいと思ってしまっている。

けど……黒ヒョウって……。

初恋だか性の目覚めだか知らないが、どうしてそんなにこれにこだわるのだろう。修司的にはセーラー服も全身タイツに猫耳も、どちらも常識としてアウトだと思うのだが。

「いやあ、これはちょっと——」

「力ずくで着替えさせるって手もあるんだけど？」

ぎょっとして目を上げると、太郎はにんまりと口端を上げていた。

「その場合は俺、途中で抑えがきかなくなっちゃうかも。ずっと着てほしかったから、興奮すると思うんだよね」

「おっ、おまえ……なんてことをっ……」

つい本音を洩らしたばかりに、太郎はあっという間に強気に出るようになった。しかも実際に力ずくというのは可能なのだ。今しがたも、太郎の体力と筋力を実証されたばかりである。

「……わかったよ！　ちくしょう！」

無理やり着替えさせられて、太郎に妙なスイッチが入るよりはましだ。それに、全身タイツくらいなんだというのだ。ぴったり隠れて、むしろ安全なくらいではないか。

修司は全身タイツを掴んで、八つ当たり気味に首回りを広げる。

「待って待って。それ脱いでからでしょ」

長袖Tシャツのことを言っているのだろう。

「うるせえな。脱ぎゃあいいんだろ」

勢いよくTシャツを脱ぎ捨て、今度こそ全身タイツに取りかかろうとすると「それも」と指示が入った。

「これも⁉」

修司が見下ろしたのは、唯一残された衣類――ボクサーパンツだ。

「直穿《じか》きかよ！　ないわ！」

「ある！　だめなら無理にでも――」

「わかったって！」

ビビって言いなりになっているとは、絶対に思われたくない。というか、太郎を怖いとは思わない。変態加減に怯《ひる》むことはあっても。

太郎を好きだからその嗜好《しこう》も受け入れようとしているのだと、そこのところはちゃんとわかってほしい。

そう、前向きに着てるんだよ。これでこいつが喜ぶなら、こっちだってしてやったりだっての。俺さまの黒ヒョウに艶姿《あですがた》に酔いやがれ。

勢いよく下着を脱ぎ捨て、いっそう貼りつく視線を注目度は充分と前向きに捉えて、全身タイツに身を包む。意外にも締めつけ感はなかった。伸縮性に富んだ生地は、適度なフィット感で貼りつき、突っ張ることもない。近ごろ流行りの防寒用肌着のオールインワンタイプだと思えば、スキーのインナーとしても使えそうだ。

でもちょっと……やっぱ食い込む……。

太腿あたりの生地を引っ張って、股間にゆとりを持たせようと試みたのだが、逆に隅々までラインを拾ってしまい、見下ろす修司にも一物の造形がわかる。

「いや、ちょっと……これエロい？　みたいな──」

しかし今さら隠しようもなく、笑い飛ばそうと振り返ると、太郎が目を爛々《らんらん》とさせてこちらを凝視していた。

「うおっ……」

「修ちゃん、いいっ！　黒ヒョウだ！」

ディテールに気づいているのかいないのか、太郎は十四年越しの再現に感極まった様子で、猫耳カチューシャを差し出してくる。

「さっ、これ着けて！」

「お、おう」

勢いに呑まれて耳を装着するが、後ろ前だと太郎に直された。鼻息荒く間近から見つめられて、その興奮と喜びを嫌というほど感じ取り、まあそんなに感激してくれているならいいかという気になったのは、すでにセーラー服で免疫ができていたせいもあるのだろうか。褒められると浮かれて調子づいてしまうという、生来の質もあるだろう。

「うん、いい！　あ、これもね」

渡されたグローブ状の猫の手のようなものをはめている間に、同じようなデザインの室内ブーツを、太郎が足もとに揃えてくれた。自ら履かせる勢いだ。

「本格的っつうか、よく集めたな」

開いたままのクローゼットの内側の鏡に映る己の姿に、修司は感心した。まあ、猫のミュージカル的な感じに見えなくもなくて、そう思うと恥ずかしさも半減する。

「ずっと着てほしかったからね。じっくり吟味して、何回も買い換えたんだ。……あの、写真……撮ってもいい？　かな……」

遠慮がちな言葉と態度とは裏腹な、威圧感のあるカメラレンズを向けられて、修司は一瞬ぎょっとしたものの、しかたないと頷いた。これが太郎なのだ。自分が好きな。

「いいけど……おまえが見るだけな」

「もちろん！　もったいなくて見せられないよ」

太郎は嬉々としてカメラを構え、部屋の真ん中で棒立ちになっている修司の周りを、シャッターを切りながらぐるぐると回る。

なんだっけ、これ……ああそうだ、カメラ小僧とか言うんだよな。

「おまえも筋金入りのオタクってわけだ」

しかしアメリカ人ふたりに感じた嫌悪感のようなものは湧かなくて、これが好きということかと思う。

「そうかもしれないけど、俺のは修ちゃんに対してだけだから」

カメラから顔を上げて直接見つめられ、その視線の強さに全身タイツの下がムズムズした。

いや、べつにこんなことくらいで……。

太郎に微妙に背を向けて、己の股間を窺う。よかった、まだ平常モードだ。なんとなく皮膚がざわつく感じはあるが。

太郎はひとしきり満足したらしく、パソコンデスクにカメラを置いて、さっそく画像を見ようとでもいうのか、ケーブルを繋いでいる。

「……あのときはさあ、タイツが破けたり伝線したりして、隙間から生肌が見えてたんだよね」

「なっ、生肌言うな！　幼稚園児だぞ」

その幼稚園児に欲情したと白状したのだから、当時の四歳児が。やはりこいつは筋金入りだ。それもオタクどころか変態だ。

でも、嫌いにはならない。ならないが、なんとなく空気の流れが不穏だ。まさかビリビリ具合まで再現しようとしているのでは――。

「も、もういいだろ。これ脱ぐから――」

「だめ！」

取って返して修司の前に跪いた太郎は、うっとりした表情で黒タイツに包まれた太腿に触れた。

「うひっ……」

「まだこのままでいて。やっと念願叶ったんだから。これからだよ」

言葉だけ聞くとなかなか情熱的かつロマンティックだが、修司は耳まで付けた黒ヒョウコスチュームだ。

「ち、近い！　顔っ、近いって！」

まるで修司の股間に話しかけるように、太郎の顔が対峙《たいじ》している。なにしろ極薄のタイツ一枚しか間にないのだから、吐息まで響いてきそうだ。

太腿を撫で上げる手が螺旋《らせん》を描くように背後へ回り、尻たぶを包む。指先が隙間のラインを辿り——。

「えっ!?　ええっ？」

なにか違った。なにかって、感触が。タイツ越しではなく、指が直に触れた——はず。

そんなばかな、まだ破かれていない、と身体を捻った修司は、尻の間の亀裂から肌色が覗いているのを発見して、声を上げる。しかも、そこに太郎の指が挟まっている。

「なになになに！　おっ、おまえいつの間に——」

「最初から開いてたんだよ。気がつかなかった？」

気がつかなかったから、こんなに狼狽えている――と言い返す言葉も出てこなくて、修司は太郎を突き飛ばして駆け出した。が、肉球と爪が付いたブーツが引っかかって、ベッドにダイブしてしまう。

なんということだろう。尻が開いているのも知らずに、カメラに収まっていたというのか。

ああもう俺のばかっ！　なに雰囲気に流されてんだよ！

そもそもその雰囲気が、常識的なノリではなかったにもかかわらず。

とにかくコスプレは中止だ。その後のことは後で考えるとして、まずはこの危険な衣装を脱がなくてはと、修司はベッドに倒れ込んだまま両手を振り回してグローブを外す。

「うっ……」

ずしりと背中に重みが乗り、修司は呻いて両手を前に突き出した。

「修ちゃーん。だめだってば。なに勝手に外してんの」

肩口から覗き込むように囁かれて、身動きが取れない状態に焦りながらも、必死に言い返す。

「もう終わりだっつーの！　写真も撮ったしもう充分――」

「まだ着けてないのがあるでしょ」

「は……？　ひっ……」

するりと尻の間を撫でられ、修司は息を呑んだ。

「尻尾。これが肝心なんじゃん」

ふふっと笑った太郎は、修司の目の前に黒々と長いファーを差し出す。本物と見まがうような艶のある毛並みで、一メートル近い長さだった。

しかし修司の目を奪ったのは、その根元の形状だ。同じく黒いのだがシリコン素材のようで、中途半端に開いた柄の短い傘のような形をしている。

尻尾を装着する位置と、この形から導き出される答えはひとつ――。

「……いや、嘘だろ……入らねえって……」

震え声で呟くと、カチューシャ付きの頭を撫でられた。

「だいじょうぶ。入るようにするから」

そっちのほうが怖いんですけど！

「むっ、無理無理無理無理ーっ！」

「そんなことないって。これより大きいもの出してるでしょ」

「いや、俺のウンコは極細だから！　ふだん液状だから！」

この際嘘でもなんでもいい。とにかく回避するのが先決だ。だが、さすがに太郎も納得しはしない。

「なんでそういう嘘つくの」

ぐっと顔が近づいて、ヘーゼルグリーンの瞳に見据えられる。今度はやけに迫力を感じて、修司はたじたじとなった。

「修ちゃん、ウンコが太いのが自慢じゃないか」

「なっ、俺がいつ——」

「俺、トイレまで引っ張っていかれて、見せられたことあるよ。たしかに幼稚園児とは思えない立派なやつだった」

……俺のバカヤロー！

「んなもん、昔の話だろっ！　それに、ふだんはふつう！　だから見せたんじゃねえか——あひゃっ……！」

ぬるっとした感触に襲われて、修司は奇声を上げた。いつの間に持ち出したのか、ローションを塗りたくられているらしい。それも一気にそうとうな量を落とされたようで、指で広げられるだけでなく、ローション自体が流れていく。

「ちょっ、待っ……ぬ、濡れるっ……」

「濡れないから濡らしてるんだって」

「揚げ足取るな！　ていうか反則——あっ、あっ……」

タイツの亀裂の周りにローションが染みて、ぴたりと貼りつく感触が気持ち悪い。動くとそれが擦れるというか、滑る感じがさらに。

「言っておくけど、俺のはこんなもんじゃないからね」

やはり太郎のものも入れるつもりでいるのかと、迫りくる危機感に背筋を震わせていた修司だが、はっとして振り返った。

「そっ、そうだ！　そんな栓に先越されていいのか!?　俺はやだなあっ！　どうせならおまえが――」

「修ちゃんっ！」

思いきり背中から抱きしめられて、息が詰まった。

「嬉しいっ！　俺を受け入れてくれるつもりなんだね！　もう、大好きっ！」

「……そ、そうか……なら、ひとまず今回は仕切り直しってことに……」

「修ちゃんがその気なら、ますます俺頑張るから！　任せて！」

「ちがーうっての！　そうじゃなくて――うっ……」

いきなり生じた違和感に、修司は全身を強張らせた。身体の中で自分ではないなにかが動く感覚に、指を入れられたのだと察する。

「……って、め……なに勝手に……」

「うわー……あったかい……すごい！　これが修ちゃんの中なんだ……」

太郎の声が興奮の色を帯びたばかりか、荒い鼻息が修司の項に吹きかかる。キモいことを言うなと返したいのに、たった指一本に侵入されただけで、身体にも声にも力が入らなくなっていた。

媚薬を盛られたときには後孔を舐められ、舌先を差し入れられまでしたけれど、そしてそれは奇妙に気持ちよかったけれど、舌と指ではやはりまったく違う。感覚としては、太郎の指という異物に対して、修司の内壁が押し寄せている感じだ。吐き出そうとするのに、指が押し返す。というか、中を掻き回す。

「な──」

「なにこれなにこれ！　すっごいよ！　うねうねしてる。気持ちいい……ああ、指から射精しそう……」

なにこれはこっちの台詞だっての。それにキモいこと言うな！

言葉にならない分、唸るような声を洩らす修司に、次の衝撃が襲いかかった。指が抜き差しを始めたのだ。

「ひっ、いっ……うっ……」

「痛い？　そんなふうには感じないんだけど」

痛くはない。大量にローションを使われたせいで、引っかかったり軋んだりすることもない。しょせんは指一本だ。

が、それ以外の部分で耐えがたい。ぐちゅぐちゅとすごい音がしているし、内壁を擦る感触に震えが走る。それが気持ち悪いのとそうではないのと、抜き差しのたびにまさに紙一重の感覚をもたらす。

なにより太郎の指を尻の孔に出し入れされているという事実が、修司を狼狽えさせ、混乱させている。

いずれはそういう行為も込みの関係になると承知していたつもりだし、先ほど告白めいた発言をしたことで、それが早まったことも察していたが、いざその状況に置かれると、想像だけの覚悟なんてまったく役に立たないと思い知った。

「……修ちゃん……あんまり色っぽい声出さないで……」

太郎は耳元で囁きながら、修司の頬を舐めた。

「は……あ？　俺がいつ——あ、あっ……」

「ほら、また。もう、さ……指の感触だけでもヤバいのに、その声聞いてると、マジで出ちゃいそう……」

せつなげなため息とともに、太腿に擦りつけられたごりごりした感触に、修司はぎょっとしながらもどういうわけか胸が高鳴った。

完勃ちじゃねえかよっ！

しかしそれをもたらしているのが自分だと思うと、誇らしいような気もしてくるし、嬉しくもなってくる。とにかくもう、こいつは自分のことが好きで好きで、どうしようもないんだなと思う。

そして、自分も——。

「……あ、あっ！」

半ば背中にのし掛かっている太郎ごと、修司は激しく震えた。太郎の指が押した場所から、まるで電気でも流されたかのように強い痺れが生じたのだ。快感というにはあまりにも鮮烈なそれに、刺激が去った後も腰がカクカクと揺れる。

「な……なに……」

目を見開いてシーツを掴む修司を、また衝撃が襲う。

「うあっ、やっ……たろっ……それ、だめっ……」

「いい、でしょ」

太郎は言い聞かせるように訂正して身を起こし、念入りに同じ場所を弄った。それまでの間にぼうっと重たい熱が集っていた股間が一気に滾って、もはや修司も勃起しているのは明らかだった。タイツの緩やかな締めつけがもどかしく、自分の手を伸ばそうとする。それくらい、抗いがたい快感だった。

「だめだよ」

しかし太郎の手が素早く伸びて、修司の両手をまとめて掴んだ。

「修ちゃんは触っちゃだめ。全部俺にやらせて」

そう言って、もう一度あの場所を刺激して修司を喘がせると、おもむろに指を抜く。いつの間にか尻を突き出すような体勢で蹲っていた修司は、抜け出た指を追いかけるように腰が揺れるのを止められなかった。

「や……あっ……」

すすり泣くような声まで洩れてしまい、たった一本の指でどうにかなってしまった自分の身体に狼狽える。

「……たろっ……っも、なんとか……しろ……っ……」

切れ切れに訴えた修司の後孔に、つるりとした質感のものが押し当てられる。

うわ、あれか……。

膝裏を掠めた柔らかなファーの感触からして、あのプラグであることは間違いないのだが、諦め半分希求半分で息を詰めた。

「息吐いて、力抜いて……だいじょうぶだから。もう修ちゃんのここ、蕩けちゃってる……」

「……恥ずかしいことっ……んっ、言う……な——あっ、……ああ……っ……」

ぐっと押し広げられたと思った次の瞬間、腰の奥が一気に重苦しくなった。しかし痛みはない。むしろ、じんじんと痺れるような疼きが腰全体に広がっていく。

「……すごい……すごくいい！」

太郎は感嘆の声を発したかと思うと、ベッドを飛び下りてカメラを掴み、連写状態で修司に接近してきた。

「これだよ！　完璧だ！　修ちゃん、すごい！」

途中からフラッシュを焚かれて、眩しさに身じろいだ修司は、下肢を襲った衝撃に声を上げた。

「あっ、ああっ、なに……なんか……当たるう……っ……」

自分の動きで、プラグにあの場所を刺激される。ひとりで勝手に身悶《みもだ》える修司を、さらなるフラッシュの嵐が襲う。

すでに両手は自由になっていて、プラグを抜こうと背後に手を伸ばすのだが、ちょっと身体を捩るだけで新たな刺激が生じるので、まったく目的が果たせない。かつて味わったことのない強烈な快感に、今にも射精してしまいそうだ。

「……やっ……い、く……っ……」

無意識に発した声にフラッシュが途絶えて、カメラを置いた太郎が近づいてきた。

「お尻、オモチャで弄られていっちゃうの？」

「……てめっ……しゃあないだろっ、こ、こんな──」

「褒めてるんだよ。想像してたよりずっと感じやすくて……嬉しい。それにすっごくエロいよ、修ちゃん。この前、おちんちん握ってオナニーしてたときよりずっと」

「……っ、やっぱ見てたんだな！」

「見るくらいいいでしょ。接触厳禁って言われてたから、嫌われたくなくて我慢したし。まあ、あれはあれでオカズになったけどね。ていうか、ごちそう？」

きっと太郎が頭の中で再現するシーンは、修司が想像もつかないような付け足しがされていたに違いない。どんなに写真や私物を没収しても、太郎の妄想力は奪いようがないのだから。

「あー、久しぶりにコレクションが増えた」

「増えた？　前の写真はもう――」

データごと取り上げたはずだと言いかけた修司に、太郎はにんまりとした。

「フラッシュメモリやディスクだけのはずがないじゃん。大事なものほど二重三重にコピーしとくもんだよ。研究者の鉄則」

やられた。どうりであっさりと没収に応じたはずだ。しおらしく接触禁止に従っているふりをして、相変わらず自室では画像を愉しんでいたというわけか。まったくもって小狡い。

「誰が研究者だよ！　てめえはただの変態だ！」

修司が罵っても、太郎はどこ吹く風で、「あのときもカメラがあれば……せめてスマホが……」とかなんとかひとりごちている。

話しているうちに意識が逸れ、身体のほうも落ち着きを見せたので、この隙に忌々しいプラグを引っこ抜こうと試みたが、尻尾の根元に触れただけで、ずくん、と腰の奥に響いて息を呑む。それがペニスまで痺れを伝わせるのだ。

「あっ……」

横たわった修司の股を開かせた太郎は、頬擦りせんばかりに顔を近づけてうっとりと呟く。

「シルエットだけってのもいいねえ。先っちょ、すごいシミになってる」

「ひゃっ……」

亀頭の部分を指の腹で撫でられ、修司は腰を跳ねさせた。反射的にきゅっと締まった後孔が、またプラグの存在を思い出し、さらにあの部分に当たって喘ぐ。

「た、たろっ……マジでヤバいから……っ、も、いい加減に……」

「ちょっと待って。これも一枚」

再びいそいそとカメラを構えて、パシャパシャやっている。

「一枚って言ったじゃねえかっ……」

「もう、急かさないでよ」

「誰が！　急かしてんじゃなくて、これはなあっ——……なに？　なになにっ？　なにを持ち出してんだ、おまえ！」

太郎はカメラをカッターに持ち替え、修司の股間に近づけた。

「じっとしてて。危ないから」

「んなもの持ってるほうが危ねえだろ……ちょっ……やめろっ、あっ……」

太郎はタイツの股間部分をつまみ、ひと筋カッターの刃を入れる。ピッと裂けたそこから、勃起したペニスが袋ごと顔を出した。黒いタイツを背景に生身の男性器というシュールな光景に、修司は眩暈《めまい》を覚える。

……うわ……。

滑稽なのか淫靡《いんび》なのか、もはや判断もつかない。またしてもそれをカメラに収められるに至ったが、抗う気力もない。

太郎のほうは興奮した口調で、究極の黒ヒョウだとかなんだとか言っているが。

「ああ、もうほんとすごい。最高。念願叶っちゃった」

上ずった声でカメラを置きながら、太郎は片方の手でデニムの前を開いた。すでに臨戦態勢なのは、先ほど太腿に擦りつけられて知っていたが、いざ目の当たりにすると迫力に怯みそうになる。

「……や、やっぱそれは無理かもっ！　今入ってるのより、長さも太さも上回ってるし！」

自ら扱き上げるそれは天を衝く角度で、擦るたびに先端の孔からじゅくじゅくと先走りを溢れさせている。

「うん、まあ、一気にやっちゃうのももったいないしね」

「は……？」

躍りかかられてぶっすりやられるのも覚悟していただけに、太郎の言葉に修司は目を見開いた。

「だって、何年越しの悲願だと思う？　ずっと写真を見て指を咥えてたものが、目の前で実体を持って、触れるようになってさ。どうせならじっくり少しずつ味わいたいじゃん。だからいつも、擦り合いや舐めるだけにしといたし」

鼻息荒く怒張を扱きながら言われても、とてもそうは見えないのだが、太郎のマニアぶりを考えると、そういう趣向もアリなのだろうか。

修司はほっとする一方、肩透かしを食らわされた気もして、そんな自分に慌てて突っ込む。いやいや、ここはがっかりするとこじゃねえし！　そりゃ太郎のことは好きだけど、積極的に尻に入れたいとか思ってねえから！

そんな葛藤《かっとう》をしていた頭を、太郎にぐっと掴まれ、引き寄せられた。

「だからまずはこれ――ね？」

鼻先に突き出されたのは、湯気が出そうなほどいきり立っているイチモツだ。でかい。おまけに青筋まで立って、先走りでテカテカしている。

そっと視線を上に向けると、舌なめずりする太郎と目が合った。

「口でして」

……ですよね。

この体勢での要求が他にあるはずもなく、予想はしていたものの、実際に言葉を聞くと追いつめられた気分だ。が、尻よりは絶対に被害が少ない。少しずつことを進めるとか言いながら、フェラチオを拒否したらアナルセックスに切り替わらないという保証はないのだ。

修司は意を決して、凶器のようなそれに口を近づける。腰を下ろした太郎に、ベッドの上の修司は蹲って股間に覆いかぶさる体勢だ。

「うっ……」

舌先が届いたとたん、太郎は呻いて全身を揺らした。その弾みで、いきなりずるっと口中に迎え入れてしまう。

で、でかっ……。

他人のものを自分の口で測った経験も、もちろんセルフフェラの経験もないが、大きいものは大きいのだ。感触はつるりとして硬く、人体の他のどの部分とも異なる。しかし大きいということを除けば、意外にも抵抗感はなかった。

とにかく、いかせれば終わりだろ。それでいいんだろ？

同性だから、いい場所とか刺激の具合とかは予想がつく。それに太郎は修司に咥えられているという事実にそうとう興奮しているようで、溢れてくる先走りの量が半端ない。俯《うつむ》き加減の修司の口からは、唾液と混じったそれが絶え間なく流れ出る状態だ。

「ああ修ちゃん、口の中もあったかい……舌が柔らかくて……たまに歯が当たるのもピリッとしていい……」

実況すんなっ……恥ずかしいって。

しかも、なにげにへただと言っていないか。フェラチオなんかしたことがないのだから、慣れていなくてもしかたがないのだが、そこはそれ、貶されるとなにくそと思って闘志が湧いてしまう。

修司は考えられる限りのテクニックを駆使して、太郎を絶頂に導くべく気合いを入れた口淫《こういん》を施した。次第に太郎の息が忙しなくなり、それにつれて修司の行為にも熱が入り——。

「んううっ……」

ふいに襲った後孔への刺激に、修司は太郎のものを口から放した。唾液にまみれた怒張に頬を擦りつけて、声を上げる。

「うあっ、やっ……やめろ……っ……あっ、ああっ……」

「だって、気持ちよくて……修ちゃんのここ、俺ので掻き回したいって思っちゃうんだもんっ」

太郎は尻尾の根元を掴んで、ぐりぐりと捩じ込むように動かす。わかっていてやっているのか、それがピンポイントにあの場所を刺激するのだ。

「もん、じゃねえっ！　危なく噛むとこだった——あっ、あっ、そこ、は……っ……」

ペニスがビクビクと震える。何度となく絶頂をやり過ごさせられて、いい加減限界だった。尻でいくなんて男としてどうなのかというわだかまりも残っていたのだが、もうどうでもいいという気もしている。そもそもこんなところに快楽の在り処《よどころ》があると、教えたのは太郎だ。あれこれと自分を納得させようとして、というか言いわけを探して、今度こそこのままいってしまえと、身を任せようとしたが——。

「あっ、……なんで止めるんだよ」

寸前までやめろだなんだと言っていたのに、思わず口を衝いて出た言葉に、はっとしたが時すでに遅し。

「いや、あの……これは……」

慌てて言いつくろおうとする修司を組み伏せるように、太郎が迫ってくる。

「修ちゃんもいきたいんだよね？　お尻でいきそうなんだよね？」

「いや、だからそれは――」

まず太郎の顔が怖い。興奮しすぎて。それに、そのとおりですとも答えにくくて目を逸らした修司は、プラグを引き抜かれて悲鳴を上げた。

「ひゃああっ、な……なに？　やだっ……あっ、抜く、抜くなあっ……」

みっちりと後孔を塞いでいたものをなくして、心許《こころもと》なさに狼狽える。一時間足らず入れていただけで、それ以前は出す一方だった場所なのに、どうしてこんなにせつないような感覚になるのだろう。

「……くそ、太郎っ！　おまえのせいだ！　なんで、こんな……」

「……うっわ……あ……」

気づけば太郎は修司の尻たぶを両手で掴み、くっつきそうなほどの至近距離でそこを凝視していた。吐息のようなものを感じて、異変に気づいたくらいだ。

「なっ、近い！　近いって！」

「だってすごい……ヒクヒクしてて、中が捲れたり引っ込んだり……あ、ローションが出てきた。すごいよ、修ちゃんが濡れてるみたい。いきたくてたまらない、いっぱい擦ってほしいって言ってるみたい」

「……っ、……」

事実ではあるが、口に出して言われると、自分までものすごいド変態になってしまったように思えてくる。

捲れてるって……ヒクヒクしてるって……どうなってんだよ？　そんなのを太郎に見られてんのか？

ひどく恥ずかしいのに、異様に興奮してしまう。蹲った体勢でいるのに、ともすれば腰が浮き上がりそうになった。もっと見てくれ、というように。

「ねえ、修ちゃん……ここに、入っていい？」

「おわっ……！」

柔らかなものを押しつけられて、修司は声を上げた。指ではない。もちろん尻尾プラグの感触でもなく——。

なっ、舐められてる!?

にゅるにゅると舌で撫で回され、その甘美《かんび》な心地よさに、修司は喘いだ。さらに奥へと捩じ込まれて、懊悩《おうのう》する。

「ああっ、あーっ、ああっ！」

指が加わって押し広げられ、太郎は顔を上げたようだ。

「ねえ、入っていい？　修ちゃんのこと、犯してもいいっ？　俺ので思いきり擦って、修ちゃんのいいところ突きまくっていい？」

指がずぽずぽと出し入れされる。二本か三本だと思うがまったく苦しくなく、むしろもっと奥まで突いてほしい、思いきりやってほしい。

「……いい、……いい、からっ……」

「いいの？　入れていいの？　言って、入れてって言って！」

「入れてっ……！」

そう言った瞬間、指が引き抜かれて、修司はまたせつなく身を捩ることになった。しかしすぐに両脇から腰を掴まれ、蕩けきったそこに熱い塊を押しつけられる。

「う、あ、ああっ……」

かなり緩んだと思っていたが、さすがに太郎の巨根は存在感があった。これまでになく広げられて、しかし怯む間もなく押し入られ、張り出した亀頭に続いてシャフトがずぶずぶと侵入してくる。その圧迫感に呻きが洩れるが、充溢《じゅういつ》感も半端なかった。満たされていく——身体も、心も。先ほどからずっと欲していたのはこれだったのだと、素直に納得できた。

「ああ……すごい……」

動きを止めた太郎の陶然とした声が、背後から響いた。

「これが修ちゃんなんだね……嘘みたいだ。まだ信じられない……あったかくて――ううん、熱くて、柔らかいのにきつくて……ねえ、動いていい？」

返事を待たずに腰を引いた太郎に、修司まで引きずられそうになる。内壁を余すところなく擦られて、修司は腰を波打たせた。

「あっ、ああっ」

「ちょ、修ちゃんっ……勝手に動かないで。いっちゃうから！」

そっちこそ勝手なことを言うな、と言い返したのだが、喘ぎばかりで言葉にならない。

「俺がいかせてあげるから、修ちゃんは気持ちよくなってて」

修司の腰を固定した太郎は、亀頭を残して引き抜いたかと思うと、思いきり腰を打ちつけてきた。

「うああっ、あっ、ああっ、……た、たろ……っ、やっ……すご……っ……」

さあっと全身が鳥肌立つ。いや、身体の中まで粟立ったような気がする。後孔も。そこを熱く硬い怒張で擦られると、たまらなくいい。

「いい？　修ちゃん、どう？　いいっ？」

「……い、いい……っ……気持ち、いっ……」

「おちんちんも触ってあげる。でも、いっちゃだめだよ？　お尻で、俺のでいってね！」

ペニスの根元を指で締めつけながら、先端をくるくると撫で回され、修司は新たに加わった刺激に、ただそれらを享受《きょうじゅ》するだけで精いっぱいになった。

尻たぶに打ちつけられる腰の感触からして、太郎がいつの間にかボトムを脱ぎ捨てていたのだな、素早いな、とか、やっていることと言葉づかいにギャップがあるなとか、自分もまた正気とは思えないことを口走っているなとか、もう年上の威厳もなにもありはしないとか、そんなもろもろが頭を過りながらも、どうでもよくなってもいた。

快楽に流されてこんなことまでしてしまったという事実は否めないけれど、そこまで許してもかまわないくらいに、太郎を好いてもいる。もちろんこういう関係になったことを後悔もしていない。

「修ちゃん、好きっ、大好きっ……」

感極まったように叫んだ太郎は、同時に思いきり全身タイツの孔を引っ張った。ピーッという音とともに亀裂が広がって、汗ばんだ背中が空気に触れる。

さすがにぎょっとした修司が体勢を崩しかけると、太郎はしっかりと繋がったままの場所を支点に、修司を仰向けにひっくり返した。

「ああっ、ちょっ、なに――」

さらにペニスを露出していた孔にも手をかけて、横に押し開く。こちらはどういう加減か、胸から腹にかけて伝線したように濃淡の縞模様《しまもよう》になった。

我に返って茫然《ぼうぜん》としている修司を、ヘーゼルグリーンの双眸が満足げに見下ろしている。

「これを着せたら、最後はやってみたかったんだ。いい感じにエロさが増してるよね」

「……ほんっとに変態だよな……」

「あ、ここ――」

「んあっ！」

全身タイツを押し上げるようにして尖っていた乳首を発見され、指で引っかかれた。思わず上がった声に、修司は驚く。

「おっぱいもいいいんだよね」

「おっぱい言うなっ、あっ……よくねえよっ、触んな！」

「まただた。この前、おっぱいでいっちゃったじゃない。今だってこうすると、中がきゅうってなるもん。ほら――」

爪で弾かれて、ちりちりした疼きが波紋状に広がっていく。肩や腕まで痺れるほどだ。

「しまった、ここも見えるようにしとけばよかった。えと、カッターは……」

「やっ、やめろ！　危ねえから！　全然よくねえからっ！」

「そんなこと言って。さっきより熱くなってるよ、ここ――」

ぐっと突き上げられた拍子に、あの場所を直撃された。

「ひ、あっ……あっ、あっ、そこ、んっ……」

「締めすぎ。出ちゃう」

「出ちゃう、って……おまえ――」

そういえばゴムは着けたのだろうかと今さら思い出して、思わず繋がっている場所を覗こうとした修司だったが、速まった抽挿に仰け反って喘ぐ。

「ああっ、あっ、あっ、あっ」

「いく、出る――」

肉筒を膨らませるように脈動する怒張から、温かなものが広がるのを感じて、直に繋がっていたのだと知った。

「てめっ、中出しなんて……エチケットってもんがあんだろうが！」

「だいじょうぶ、病気はないから。修ちゃん以外とする気なかったし」

てことは童貞か！　初めてなのに、このクオリティか！

新たな事実に呆気にとられていると、射精の余韻で厚みのある胸板を上下させていた太郎は、拗《す》ねたような目を向けてくる。

「最初は絶対生でやりたかったんだもん。種つけしたかったんだもん」

「もんはやめろって言ってんだろ！　種つけってなんだよ、オタク！　種なんかつかねえよ！」

「でも、ちょっとくらいは吸収するでしょ。ここから染み込んでって、修ちゃんのもっと奥まで入り込んで……いつでも一緒だと思わない？」

まるでマーキングじゃないか、どういう発想だと思いはしたが、想像したとたんなぜだかぞくりとした。セックスが終わって離れても、太郎の痕跡《こんせき》がある、事実として残る。もう絶対離さないと言われたようで、太郎の執着を感じて、それが――嬉しい。

「……ばかなこと言って――あっ、ん、ああっ……」

中で精液されたせいで、動きが格段にスムーズになった。ぐちゃぐちゃと粘ついた音も大きくなって、どれだけ出したのだろうと思う。本当に粘膜に浸透してしまいそうだ。

「今度は一緒に行こうね。それで、もう一回濡らしていい？」

太郎は息を荒げ、修司の太腿を抱えるようにして腰を打ちつけてくる。ベッドのほぼ中央で合体したはずだが、いつの間にかベッドヘッドに頭がぶつかりそうなほどずり上がってしまっている。

「……童貞はっ……こらえ性がねえな……っ……んっ……」

「修ちゃんがよすぎるからだって。でも、んっ……何回でもいけそう……溢れてきちゃうかもね。俺の精液、修ちゃんのお尻から流れてくるんだ……」

その言葉に心のどこかが刺激され、放置されたままのペニスがぴくぴくと跳ねた。

いや、ここはぞっとするところだろ。なんで感じちゃってんだよ、俺。

きっと太郎の毒気に当てられて、まともな思考回路が破壊されてしまったのだ。それに絶え間なく身体の中を擦られて、感覚も支配されてしまっている。自分では触れることができない場所を暴かれて、めちゃくちゃにされることが、どうしてこんなに気持ちいいのか。

がばりと覆い被さってきた太郎の重さに息が詰まりそうになりながら、「修ちゃん、好き」と繰り返す声に鼓膜を震わされながら、どうにも我慢ができないあの場所をごりごり擦られて、全身が震える。

「あっ、ああっ！　た、たろっ……やだっ、やだもう……っ……」

硬い腹筋にペニスを擦られもしたが、尻の奥からうねるように湧き上がってきた快感に、タガが外れた。太郎の首に巻きつけた腕で思いきりすがりつきながら、打ちつけるように腰を揺らす。間違いなく射精しているのに、なにかが違う。なんだろう。快楽の源か。太郎に刺激された場所から生じたそれが、目が眩《くら》むほど心地いい。

「あああっ……」

「修ちゃんっ……！」

揺れる腰を押さえつけられ、深々と貫かれて、怒張の脈動を嫌というほど感じた。たぶんまた中に出されているのだろうと思ったけれど、もはやどうでもいい。というよりも、不思議な満足感だった。

互いの胸を叩き合う鼓動を感じながら、押し寄せてくる疲労感にそのまま眠りに落ちそうになった修司に、太郎がキスを仕掛けてくる。

「……ふ、……ん、う……」

器用に動く舌は口中を余すところなく舐め回し、絶妙な力加減で舌を吸い上げてくる。童貞

ではあったが、さすがにキスの経験はあるのだろう。アメリカ育ちだし。それが少し悔しいと思ってしまう。全部、自分が初めての相手になりたかった。

身も心もうっとりとしてそんなことを考えていると、まだ硬度を保って潜んでいたものが、いきなり動き出した。

「んっ!? ん、んっ……は、ちょっ、たろっ……また――あ、ああっ……」

いったいいつゴングが鳴ったのか、二ラウンド目、いや、太郎的には三ラウンド目が、最初からクライマックスの勢いで始まっていた。二回分の精液を受け止めたそこから、派手な飛沫の音が響く。実際に溢れ出しているようで、尻を伝う感触がむず痒《がゆ》い。

「無理っ……もう無理だってば！ あっ、ばか、やめろ！ そこは――」

力の入らない修司の両脚を、膝が頭の横につくほど押し上げて、真上から打ち込んでくる。

「まだだよ。クリスマスイブなんだよ。ひと晩中セックスしないとね」

興奮の度合いもマックスらしいヘーゼルグリーンの双眸に見下ろされ、それは日本の悪しき習慣だと、言い返す気力も体力もなかった。


ようやく解放されたときには、たしかに日付はとうに変わっていた。直後は精根尽き果てて、指一本動かせない状態だった修司だが、若さのせいか回復も早かった。太郎に至っては終始アクティブで、修司から離れてすぐデニムを穿き、階段を駆け下りて水のボトルを手に戻ってきたほどだ。

いつの間にか黒ヒョウコスチュームはすべて脱がされ――剝ぎ取られ、全裸でボトルを受け取って、半分以上を飲み干す。

「……加減しろよ」

ようやくクレームをつけたけれど、太郎は満面の笑みを返してくる。

「無理。念願叶った生涯最高の日だから。あー、ほんとに幸せ！」

そう言われてしまうと、まあしかたないかなと思ってしまうあたり、修司も甘い。

「あー、なんかまだ挟まってるような気がする」

「そう？　嬉しいな。ずっと憶えてて」

「ばかやろ！」

「あ、そうか。憶えなくても、いつでも本物を入れればいいんだよね」

絶句した修司は、改めてはっとした。一大事業を成し遂げた気でいたが、これは継続的な行為になるのだ。それも太郎の様子では、日課になる可能性も高い。

む、無理……とてもつきあえない……。

と思いながらも、なんだか楽しみな気もして、そんな自分に狼狽える。メインはセックスではないはずなのだ。太郎が修司をいちばんとして離れないでいることが、自分の望みだったはずで——。

「はい」

目の前にリボンをかけた箱が差し出され、修司は顔を上げた。

「クリスマスプレゼント。先に渡そうと思ってたのに、忘れちゃった。ごめんね」

「えっ……いや……サンキュ。あ、俺も用意してある。部屋にあるんだけど」

「ほんと？　嬉しいな。ありがとう！」

「ちょっと待って。持ってくるから」

全裸のままよろよろしながら自室に戻って、プレゼントの包みを手に、太郎の部屋に引き返した。

「安もんだけどな」

「関係ないよ。ありがとう。開けていい？」

オリジナルプリントをしてくれるスマホケースの店で、新しいケースを買った。前に買った日の丸のものは、ずいぶん掠れてしまっていたから。

「わあっ、カッコいい！」

日の丸と星条旗を交差させたデザインで、背景は星空をイメージするグラデーションになっている。それなりに意図を込めたつもりだ。

嬉々としてさっそく付け替えている太郎を見ながら、修司もプレゼントを開けた。箱の大きさはCDケースほどで、厚みもその程度だから、音楽か映像か――。

「……!?」

目を瞠る修司に、太郎が気づいて横に座る。

「どう？　似合いそうでしょ」

「……どう、って……これ――」

ステンレスのバングルに見えるが、大きさは腕用ではなくおそらく――首用だ。つまり、首輪。太さ直径一センチ弱のシンプルな輪で、一見継ぎ目も見当たらないが、ネジがついている。

「黒ヒョウにぴったりだと思って。あ、今からでもつける？　修ちゃんにも似合うよー」

デニムのポケットから取り出した極細ドライバーは専用のものらしく、それを使うとネジが外れて首輪は半分に割れ、数字の3のような形になった。それを修司の首にはめようとするので、慌てて両手で押し返す。

「待て待てっ！　はめたらドライバーはおまえが持ってんだろ、どうせ！　冗談じゃねえっ！　くっ、首輪なんかつけてたら、世間さまになんて説明すりゃいいんだよ！」

「誰も気にしないよ。アクセサリーだと思うって。もっとすごいのつけてる人だっているじゃん。スタッドが付いた革のやつとか」

「あれはああいうトータルファッションの人なの！　とにかく無理だから！」

「えー……」

心底がっかりしたような顔をされて、これがクリスマスプレゼントだったことを思い出した。

いやでも、首輪はないわ。でも、突き返すわけにも……いかねえよ、な……。

肩を落とした太郎と首輪を見比べて、修司はため息をついた。

「……わかったよ、受け取っとく。ありがとうな」

「ほんと!? よかったー。今度着けたとこ見せてね」

「聞いてたのかよ。無理だって言って――あっ、隙を見てはめるつもりだろ！　てめえ、ドライバーも寄こせ！」

「だめだってば。これはサークルとドライバーでペアなんだから。別々に持ってないと」

「じゃあ、俺がドライバー持つ！　それでいいだろ！」

取っ組み合いで奪い合っていると、太郎に強く抱きしめられた。

「修ちゃん、大好き！」


翌日、というかクリスマスの夜、名古屋の両親から連絡があり、実はもう退院したと伝えられた。

『実は昨日ホテルに泊まっちゃったの。ふたりきりでクリスマスを過ごしたのなんて久しぶり』

語尾にハートマークが飛んでいそうな口ぶりの母に、てきとうに相槌《あいづち》を打っていると、太郎のスマホにも着信があった。英語で話しているので聞き耳を立てたところ、相手はダンとマイクのようだ。初めは冷ややかだった太郎の口調が落ち着いてきて、安堵する。やられそうになったのはとんでもないが、大事には至らなかったし、一応友人なのだろうから険悪なままよりは和解してもらったほうがいい。

ほぼ同時に電話を切ると、太郎が先に口を開いた。

「ダンとマイクから。反省してるみたい。修ちゃんに謝りたいって言ってたけど、俺が伝えておくって言っといた。もう関わらせたくないっていうか、あいつらに声聞かせるのも惜しい」

どういう独占欲だと思ったが、嫉妬ならば悪い気もしない。

「いいんじゃね。どうせ俺はもう会うこともないだろうし」

「会わせないよ。それで……ちょっと出かけてきていいかな？　セーラー服買って渡してくる」

「おう、行ってこい。こっちもおふくろからで、明日の夜親父と一緒に戻ってくるっていうから、ざっと片づけとく」

「あ、よかったね。退院したんだ？」

「元気みたいだぞ。ゆうべはホテルでクリスマスだってさ」

それを聞いた太郎は、「ホテルでクリスマス……」と何度もつぶやき、頷いていた。おそらく来年はそうするつもりなのだろう。クリスマスにあまたの男女に交じって太郎とふたりでホテル滞在なんて、そういう関係ですと言いふらしているようなものだが、まあそれはそのときに考えればいい。

太郎を見送って、両親の部屋に掃除機をかけながら、三か月の間にいろいろなことがあったものだと感慨深く思った。太郎の本性を知ったときには、絶対に受け止められないと思ったのに、いつの間にか気になってしかたがなくなり――自分のほうから引き寄せるようなことまでしてしまった。

太郎の情熱というか執念にほだされたこともあるが、それだけで年下の従弟とくっつこうという気にはなれなかっただろう。おそらく修司もまた、昔から太郎に対して無意識のうちに独占欲と情を持っていたのだ。

あの変態ぶりも受け入れようってくらいに、な……。

昨夜の目くるめく――いや、修司には予想もつかなかった黒ヒョウプレイがふいに思い出されて、掃除機を片手にひとり赤面する。

何度となく怒声を上げ、それ以上に喘ぎ乱れ、けっきょくこれまででいちばん強烈なセックスとなった。

……ま、終わってみりゃ悪くはなかったよ、うん。

本気で嫌なら射精なんてできなかったはずで、それが出すものがなくなってもいきまくったということは——。

しゃあねえよな。くっついちまったんだから。

太郎が用意した退院祝いの夕食に、両親はいたく感激した様子だった。

「いやあ、イケメンだし頭もいいっていうし、おまけに料理もうまいなんて、太郎くんが女の子だったら、修司の嫁にもらいたいくらいだな」

ご機嫌の父の言葉に、修司はエビフライを喉に詰まらせた。

「あらあ、私は男の子のままのほうがいいわ。うちの中が楽しいもの。あ、でもいちばんは孝明さんよ、もちろん」

「当たり前じゃないか、真理恵」

珍しく空気を読んで、太郎はにこにこしているだけだ。

みそ汁を飲んで落ち着いた修司は、話題を逸らそうと箸を振り回す。

「元気そうでよかったよ。松葉杖《まつばづえ》もほとんど必要ないんじゃない？」

「ん？　ああ、まあな」

「でもね、やっぱりまだ完全じゃないし。それで年が明けたら、私も名古屋に住もうと思って」

「ええっ⁉」

修司と太郎は同時に声を上げた。太郎のほうは、笑顔付きだ。

「たぶん一、二年かな。おまえの卒業までには異動になるだろう」

「だいじょうぶよね」

「え……あ――」

「もちろんです！　夫婦は一緒にいなきゃ。特に伯父さんと伯母さんみたいなラブラブカップルは」

「きゃあ、ラブラブですって！　いやだわ、そんなほんとのこと」

三者三様にはしゃいでいるのを、修司は冷めた目で眺めた。どうせもう決定事項で、なにを言ったところで変更はないのだろう。

考えようによっては、うっかりなにかを見られる危険も減るわけだから、それは互いのためにいいと思うべきかもしれない。

「修司に太郎くんを任せる形になってしまうから、心許なくはあるんだが……まあ、太郎くんのほうがしっかりしてるみたいだしな。よろしく頼むよ」

「はい！　任せてください！」

こうやって見てると、ほんとに品行方正に見えるんだから、詐欺だよなあ……。

移動の疲れからか、早めに寝室に引っ込んだ両親に代わって、太郎とふたりで後片づけをし、それぞれ入浴も済ませて互いの部屋へ向かった。

「あ、そうだ。明日の時間——」

両親に頼まれた買い物に、一緒に出かけることになっていたが、まだ時間を決めていなかった。

「太郎、明日何時に——」

ドアを開けて呼びかけたが、太郎はヘッドホンをしていて気づかない。パソコンの画面に見入っているようだ。

なにをそんな夢中になって……——!?

映し出されていたものに、修司は目を剥いて室内に突進した。さすがに気配を察したのか、太郎が椅子から背を浮かせて振り返る。

「うわっ、しゅ、修ちゃんっ、これは……っ……」

両手で画面を覆う太郎を、体当たりする勢いで押しのけた。

「なんだこれはっ！」

「声っ！　声大きいって。伯母さんたちに聞こえちゃう」

「うるせえ、説明しろっ！」

説明もなにも、見たままなのはわかっている。ディスプレイには黒ヒョウコスチュームの男が映っていた。もちろん一昨日《おととい》の修司だ。それも尻尾プラグを刺されて、太郎のものを咥えている。

「こんな、こんな……っ……しゃ、写真だけじゃなかったのかよ」

「だって、念願叶っての黒ヒョウだよ？　動画だって撮っておきたいじゃん。まあ、予想外に初体験動画にもなっちゃったんだけど、ほんと運がよかった。惜しむらくは定点だったんで、ときどきフレームアウトしちゃってるけどね。でも、画質はいいと思わない？」

喚き狼狽える修司を、太郎は背後から押さえつけるようにして椅子に座らせた。人の話を聞いているのかと言いかけたが、その目が異様に輝いているのに怯む。

「……たろ──」

「写真もいいけど、動画も捨てがたいよね。ていうか、プリント持ったり画像スクロールしたりしなくて済むから、両手が自由に使えるし」

「はっ!?」

つまり、見ながらなんかしてるってことか！

「またこれもオカズかよ！　昨日実物とさんざんやっただろうが！」

「それはそれ、これはこれ。動画ももっと増やそうっと」

修司の非難などまったく意に介さず、太郎の頭の中はエロいことでいっぱいらしい。いやそれよりも、なにか今引っかかって──。

「もっとってなんだ？　まさかこの他にも……」

修司の問いに、太郎は得意げな顔になった。

なにを撮られた？　風呂か、着替えか。まさかあの見せ物オナニーではないだろう。記録できなかったと悔しがっていたくらいだから。

修司はマウスを操作して忌々しい動画を閉じると、手当たり次第にファイルを開いた。

「うわあっ！　な、なん――あっ、これも。これも。これもか！」

画像はそれぞれシーンごとに分けられ、ご丁寧にも「お風呂の修ちゃん」だの「修ちゃん居眠り中」だのと、ばかばかしいタイトルが付いている。プリントを発見したときもその量に驚いたものだが、データはその比ではなかった。プリントされたのは、データのうち厳選されたものだけということなのだろう。

「失敗したやつなら消去すればいいじゃん……」

もはや怒る気力も失せてそう呟くと、太郎は照れたように頭を掻いた。

「いやあ、修ちゃんが映ってると思うと、もったいなくて」

全然褒めてないから！　嬉しくもないし！

「うわあっ、これか！」

ついに見つけた動画は、やはりというかなんというか、発端となった脳震盪《のうしんとう》から拘束行きの一件だった。いきなりどアップの太郎が映り、その向こうでベッドの上に繋がれ、正体をなくした修司が見える。

「これにはほんと、お世話になりました。ていうか、何日か前もお世話になって」

夜な夜な隣の部屋の本人をよそに、パソコンに映る修司をガン見して欲望発散に努めていたと、太郎はあっけらかんと告白する。この辺りの神経が、常識人の修司にはついていけない。

「……どうりで写真を没収しても、ダメージがなかったはずだよな」

しかたがない、変態だから、とため息をついた修司を、太郎は後ろから抱きしめてきた。

「本物には触れなかったからじゃないか。実物がいちばん好きだよ。当たり前じゃない」

「どうだか。今も見てたじゃねえか」

「えっ？」

ふいに腕の力が強くなって、修司は息を詰めた。肩口に顔を突き出してきた太郎は、舐めんばかりに口を寄せてくる。

「それって、実物にしろってこと？」

「どうしてそう都合のいい思考回路なんだよ。だいたい一昨日の今日だぞ。何時間ハメてたと思ってんだ。まだ変な感じがする。当分は——うひっ……ぱっ、どこ触って——」

Tシャツの上から胸を探った指が、勘よく突起を捉えて爪で引っ掻く。その刺激に修司は背筋を仰け反らせた。

「お尻がだめならおっぱいは？」

「おっぱい言うなって言っただろ！」

「修ちゃんの乳首、エロいよね。色が赤っぽい。色白だからかなあ」

もう一方の手で襟元を引っ張って覗き込もうとするので、思いきり肘を張って阻止する。

「もう。じゃましないで」

「おまえが変なことするから――うわあっ！」

一気に裾を捲り上げられ、Tシャツで両腕を包み込むような具合にされた。いわゆる茶巾《ちゃきん》状態に近い。首のところで裾を閉じるように結ばれて、拘束のバリエーションのような感じだが、しょせんはTシャツなので、本気で外そうと思えばむずかしくはないだろう。

「そうそう、この色」

太郎は直に乳首をつまむと、絞るように引き上げた。

「うっ……」

「これがね、もっと赤くなるんだよ。ラズベリーみたいで、齧《かじ》りたくなっちゃう」

「よせよ！　血が出るからな！　赤いどころの騒ぎじゃなくなるからな！」

「痛いの、嫌い？」

「好きなわけねえだろっ」

「うん、まあ、それはおいおい」

「なにがだよ！」

変態はSM方面にも向いているのかと、修司はびくびくしながら、どうにか気づかれないうちにTシャツの枷《かせ》を外したいと機会を窺う。

「昨日ね、ついでに買い物してきたんだ」

「は……？　アキバで？」

黒ヒョウに次ぐコスプレ衣装でも見つくろってきたのだろうか。あのときの太郎のテンションはかつてないほどだった。味を占めて妙な格好をさせられるのも避けたいが、痛いことをされるよりはましかもしれない。

「いや、他の場所で。えっとね、これ――」

修司のことはしっかりと、いや、乳首をしっかりとつまんで揉み上げながら、片手でパソコンデスクの上の箱を引っ張る。ふたを開けると、中には金属片のようなものやネジ、知恵の輪のようなものが混在していた。

「……なに、これ……？」

一昨夜の首輪以来、ステンレス系のものに拒否反応がある。きっとこれらもよからぬものに違いないと、警鐘《けいしょう》が鳴っている。

太郎はネックレスのような細いチェーンをつまみ上げたが、その両端にはクリップが付いている。

「ちょっ、まさか……おい、やめろって！」

クリップを押して開き、乳首に近づけられるに至って、修司は声を上げた。

「しいいっ、静かに。伯母さんが上がってくるよ。鍵開いてるんだから、見られちゃうよ」

「……っ、……」

怯んだ隙に、クリップで乳首を挟まれた。乳暈ごと厚く挟まれたので、予想したほどの痛みはなかったが、そこからじんじんとした疼きが湧き上がる。

「……はい、できた。いいね……似合う。いつかプラチナのやつ買おうね。これ、鎖にいろんなもの引っかけて、重りを増やすんだって」

鼻息の荒い修司の言葉に、茶巾のせいで胸元が見えない修司は、ふるふると首を振った。想像するだけで乳首が疼く——いや、痛い。

「乳首伸びるって……」

「え、それは困る。ちっちゃいのに感じやすいのがいいのに。じゃあ、こっちは？」

「いや、その前に外せよ——って、なんだ、それ!?」

数ミリの太さのステンレスで、リングとU字型が組み合わさっている。それ系のアイテムであることは間違いなく、しかもなんとなく装着する箇所がシルエットで浮かぶ。

「Uプラグって言うんだって」

「U……形が？」

「尿道のUだろうねえ」

「にょっ……」

やっぱり、と思うと同時に腰を浮かそうとしたが、太郎に椅子ごと押さえつけられた。

「無理だから！　前も後ろもボロボロにする気か！」

「人聞きの悪い。お尻だって傷ついてないでしょ。俺、ちゃんと確かめたもん」

「もんって言うな！」

その間にもルームパンツを引き下ろされ、力で敵わない修司はあわあわと慌てる。

「ほんと、マジよせって——あっ、パンツ……太郎っ！　う……っん……」

膝の辺りに下着ごとボトムが絡み、狙ってのことなのかどうか、脚も満足に動かせなくなった。修司のものは不本意ながら乳首への刺激で、中途半端に勃起していた。それを太郎にやわやわと弄られ、図らずもさらに硬くなってしまう。怖くてやめてほしいのにどうしてこうなると、思考とは別物のパーツに我ながら恨めしくなる。

「硬くなってきたー」

太郎は嬉しそうに呟きながら、胸のチェーンを引っ張って乳首も刺激した。

「あっ、あっ……ちがっ……こ、これは気持ちいいんじゃなくて——」

「嘘ついてもだめだよ」

「嘘なもんかっ」

「でも、絶対嫌ってわけでもないでしょ。本気になったら、いくらだって逃げられるよね」

「……っ……」

そう、なのだろうか。たしかに耐えきれないほど痛いことをされているわけではなく、かといって積極的にしてほしいとも思わないが、絶対阻止するとまではいかない。それというのも、乳首にしても痛いだけではなく妙な感覚が生じているからで――。

「ん、あっ……」

ふいに強めにチェーンを引っ張られ、そこからずきんと走った疼きが、身体の中心を伝って腰にまで響いた。太郎に握られたものがびくびくと跳ねる。

「ほら、乳首もいいんでしょ。修ちゃんはどこも敏感だから、きっとこっちも気に入ると思うよ。そりゃ怖いかもしれないし、最初は変な感じがするかもだけど、この手のものがけっこう出回ってるってことは、需要もあるってことだからね」

まるで実演販売員のように滔々《とうとう》とまくし立てられるうちに、そうかもな、なんて気にさせられてきた。

「だいたい俺が、大事な修ちゃんに危ないことするわけないじゃない。むしろ気持ちいいことばかりしてあげたいって思ってるんだから」

太郎はそう囁いて、修司の頬にキスをする。

そう、そこなのだ。がつんと拒絶できないのは、尻尾プラグにしろこの乳首クリップにしろ、そう悪くないからなのだ。

だからそのUプラグにしても、尿道に棒を差し込むという恐怖を乗り越えれば、それなりの感覚が待っているのでは、もしかしたら目くるめく快感が――という期待が捨てきれない。

太郎が手に取ったUプラグを、修司はまじまじと観察した。リングの直径は四センチほどだろうか。サオの太さに合わせて調整がきくようになっている。そこから垂直に伸びた棒が先で半円を描くように折り返し、U字になっている。先端に一センチ弱の球。

「……その球が怖いんだけど。そもそも入るのか？」

いつの間にやら、受け入れる前提の会話になっていた。実演販売に乗せられて、必要もないものを買ってしまうタイプなのかもしれない。

「尿道の直径って、一センチ近くあるらしいよ」

「へぇ……」

実演販売員の無駄な知識に感心していると、リング部分にペニスを通された。

「ちょ、待て！　俺がやめろって言ったら、絶対に中止しろよ？」

「もちろん」

即答すぎて信用に欠けたが、すでにステンレスの球が亀頭の先に押しつけられていて、そちらに意識が奪われた。どこまで手際がいいのか、もうUプラグにローションが塗布されている。

「あっ……」

先端の孔に球がめり込み、奇妙な圧迫感に鳥肌が立った。

「うわ……なん――や、やっぱ……」

「痛くないでしょ」

「やめ――んっ……」

ふいに唇を奪われ、当然言葉も途切れた。舌で思いきり口の中を掻き回されて、気を取られている間に、ペニスに重苦しい感覚が押し寄せてくる。

ひ、卑怯者……っ……！

暴れるにも暴れられず、初めての感覚を味わいながらキスを受け、やがて下肢の状態を忘れてキスにのめり込んでしまった。擽《くすぐ》るように舌を舐められたり、喉奥まで撫で回されたり、太郎のキスにはつい夢中になってしまう。なにより舌の感触が心地いいのだ。

唾液の糸を引いて唇が離れると、ヘーゼルグリーンの瞳が微笑んだ。

「できたよ」

「え……」

視線を股間に落とした修司は、己のものがリングで固定され、先端の孔にステンレスの棒を呑み込んでいるのを見て目を瞬く。

「うわ……」

「だいじょうぶそうだね」

ぼうっと痺れたような感じはするが、痛みはない。とすると、いったいどういう役目のものなのか。

「これだけ？」

　そう訊いた修司に、太郎は苦笑した。

「まあ、これで装着完了だね。いや、頼もしい台詞だな」

「だって、全然たいしたことない。ていうか、ちょっとむず痒いくらいかな。乳首のほうが刺激強いだろ――なにしてんの？」

　太郎はローションを手に取ると、椅子に座ったままの修司の両脚を肘掛に引っかけるように持ち上げて、丸見えになった後孔に濡れた指を近づけた。

「あっ、おい！　こら、なに――う、あんっ……」

　ずぷりと遠慮なく差し込まれた指が、内壁にローションを塗りつけるように抜き差しされる。

「あっ、あっ……だっ、今日はしないって――」

「これはUプラグの利用法の説明。意味がわからないみたいだから」

「なにっ、言って……ひ、あ……ああ、な、なんか……っ……」

　腰が揺れるせいもあるのだろうが、挿入された棒が微妙に尿道の中を動く。先端の球で擦られる感覚が、妙にそこを熱くしていく。

「プラグって言うくらいだから、栓なんだよね。尿道に栓をしてるわけで、つまりこの状態だとおしっこも出せないし――」

　後孔を嬲《なぶ》る指があの場所を擦った。

「ひいいっ……」

腰を跳ねあげて悶える修司の耳に、恐ろしい台詞が飛び込んでくる。

「射精もできないよね」

「無理無理！　出したい！　いや、出せないならそこ弄るなっ……あっ、ああっ、やだっ、たろ……っ……」

指が増やされ、まるでペニスで抽挿されているような動きを加えられて、修司は喘ぎ、身を捩った。あまりに動いたものだから、Tシャツの拘束は外れて両手も自由になったが、今さら逃げ出す余裕もなく、椅子を握りしめるだけだ。

「マジでいく！　いくって！　これ取ってくれよ！」

「ええー、せっかく着けたんだから、このままいってみて。俺、見たい。修ちゃんがお尻だけでいくとこ」

なんて恐ろしいことを言うのだ、この変態は。男がいくといったら、射精に決まっているだろうが。

「ばっか、てめえっ！　そういうのをいくって言わねえんだよっ……あっあっ、熱い！　擦るなっ……」

今さらなにを言っても、太郎が聞き入れてくれるはずもなく、狙い澄ましたようにあの場所を嬲られて、修司はついに射精できないまま絶頂を迎えた。

どう表現したらいいのだろう。肉筒がありえないほど震えて太郎の指を締めつけ、しゃぶるように波打ち、腰全体を痙攣《けいれん》が襲った。それに合わせてペニスがずきずきと脈動し、ふだんならば精液の噴出を伴うところが、それを阻まれて根元がいつまでも疼き、絶頂感が消えていかない。

せつなさに身悶えた修司は、あろうことか口走っていた。

「もっとっ……！　もっと突いて！」

——案の定、指の代わりに太郎のイチモツが押し入ってきた。

あの騒ぎで、よく階下の両親が起きてこなかったものだと思う。いや、もしかしたらドアの前まで来たけれど、室内の異様な雰囲気を感じ取って引き返したのかもしれないと、翌日修司は恐る恐る階段を降りたのだが、キッチンのほうから母の笑い声が聞こえた。

「お、修司起きたのか」

リビングのソファでは、父がコーヒーを手に新聞を読んでいる。久しぶりに自宅で過ごしているせいか、すこぶる機嫌がいい。

「あ……うん、おはよ」

これはばれなかったのかと胸を撫で下ろしていると、キッチンから声が飛んできた。

「遅いわよ、修司。ふだん太郎ちゃんに家事任せっぱなしなんでしょ。冬休みくらいは交替するもんじゃないの」

お玉を手にみそ汁を注ぎ分けている母の横で、太郎が椀《わん》をトレイに載せている。

「いいんですよ、伯母さん。俺は当分暇なんだから。それに、修ちゃんにもいろいろやってもらってます」

ただのフォローに聞こえるのだろうが、秘密を共有している修司には意味深な台詞に聞こえてぎくりとする。

「えー、修司にできるようなことがあったかしらねえ」

おふくろ！　頼むからそれ以上詮索《せんさく》するな！

心臓がどかどかしてきて、真冬だというのにこめかみにじんわりと汗がにじんできた。

「ん……？　エアコン効きすぎか？　つい病院の温度管理に慣れてしまっててな」

リモコンを操作する父に、修司は慌ててかぶりを振る。

「いや、平気だから！」

「おまえも厚着しすぎだろう。家の中でそんなタートルなんか着て」

これじゃなきゃ隠れねえんだよ！

昨夜、太郎に首筋を思いきり吸われたのだ。

あの忌々しいUプラグをつけたまま二度も絶頂に導かれて、しかし塞き止められた精液のせいなのか異様なエクスタシーが継続し、痙攣するように身悶える修司を、太郎はベッドへと運んだ。

そこでようやくプラグを外されたのだが、溜まっていた精液が力なく溢れ出すと、また別の絶頂感に襲われた。しかも勢いがなくだらだらと流れ出る間中、あられもない声を上げ、身をくねらせる始末だった。

あのときはもう、身体だけじゃなくて頭のほうもどうかしてたんだよ……。

どうだった、と太郎に訊かれて、「すっげえよかった……」と呟いていたのだ。変態に変態なことをされてよがってしまったなんて、自分も毒されてしまった。

喜んだ太郎は修司の首や胸を吸いまくって、己が出したものでぐちゃぐちゃになっている修司の後孔に、さらなるトライを決め——。

先ほど目が覚めて服を着ようとし、全身がキスマークで彩られているのに気づいて、セーターを着込んできたという顛末《てんまつ》だ。

「伯父さん、修ちゃん、ごはんできたよ」

「おお、うまそうだ。ん？　これは真理恵の肉じゃがじゃなさそうだな」

「太郎ちゃんのお手製なの。メープルシロップを入れるんですって」

和気あいあいと食卓を囲む姿をぼうっと眺めていた修司に、太郎が顔を上げる。

「修ちゃんもおいでよ。お腹空いたでしょ」

ああ、さんざん体力使わされたからな！

テーブルについて、母の手作り温泉卵をごはんにかけ、勢いよく掻き込んでいると、太郎の視線が注がれる。

「好きなんだね、それ」

「私の作るものでこれがいちばんみたいよ。張り合いがないったら」

苦笑しつつもまんざらでもなさそうな母に、太郎はテーブル越しに迫った。

「教えてください！　作り方！」

お湯が何百ccだとか、そこに差し水がどうとか、ふたをして何分だとかいう母のレシピを、太郎は真剣な表情で聞いている。

べつになければないでかまわないのだが。太郎が作る料理は、どれもそれなりに気に入っているし。

「よし、覚えた。後で実際に作ってみます」

「お肉とかにかけても美味しいの。でも、そんなに修司に気をつかうことないのよ」

「いえ、俺が食べてほしいから」

やり取りを聞いていた父が、箸を止めてしみじみと頷く。

「太郎くんが女の子だったらなあ……」

太郎が尽くしてくれるのは理解しているし、セックス面での無体な振る舞いも拒絶するほどではない。むしろ新しい扉を開かされて、それが悪くなかったりする。

つまり、つきあう相手としての太郎には問題はないのだが、互いに己だけでこの世が存在しているわけではなく、肉親や友人といった人間関係があり、その中でどうやっていくかということが今後の課題となる。ましてや母親同士が姉妹という近親だ。従兄弟でくっつきましたなんて知られたら、当然諸手を挙げての賛成とはならないだろう。今は太郎をべた褒めする両親であっても。

そのへんもちゃんと話し合わなきゃな。誰を困らせても嫌だし。

なんてことを考えてしまうあたり、自分もけっこう真剣に太郎との関係を築いていこうとしているということなのだろう。

押しや快感に流されただけじゃない。熱意にほだされたわけでもない。根底に修司は修司なりに、太郎に対する気持ちが存在しているからだ――と思う。

「――すき焼き」

「えっ？」

ヘーゼルグリーンの目を瞬いた太郎に、修司は言った。

「すき焼きがいいな。温泉卵で食べるとうまいんだ」

開けて新年——。

両親は大晦日《おおみそか》から箱根の温泉に出かけたので、最小限のおせちと雑煮《ぞうに》で元日の朝食を済ませ、太郎に誘われて初詣《はつもうで》に行くことにした。

「あれ？　神社あっちだろ」

逆方向に進もうとする太郎を引き止める。歩いて十五分ほどの場所に有名な神社があり、地元民だけでなく近隣からも参詣客《さんけいきゃく》が訪れる。

「こっちの分社に行こうよ」

太郎が指差した方角には、件の神社の分社があった。距離が近いせいかたいていは本社に行ってしまうので、地元でも忘れられがちだ。社務所《しゃむしょ》もないような小さな社《やしろ》でひっそりしているので、修司も存在を忘れていた。

「ああ、まあいいけど」

本社なら露店《ろてん》も出ていて賑やかなのにと思ったが、まあ後から回ってもいい。

「憶えてる？　よく散歩に連れてきてもらって、遊んだよね。修ちゃん、お稲荷《いなり》さんの像によじ登ろうとして、どこかのおじいさんに怒鳴られてさ」

「う……よく憶えてんな。でもあの後ちゃんと謝ったぞ。お賽銭《さいせん》多めに入れたし」

「お賽銭って、あのころ俺らがお金の代わりにしてたの、葉っぱじゃないか」

「わかったよ！　じゃあ今日は、その分もまとめて入れる。それでいいだろ！」

「俺に言われても。神さまがどう思うかだね」

そんなことを話しながら辿り着いた神社は、やはり閑散《かんさん》としていて人影もなかった。正月とは思えない。

鳥居《とりい》を潜《くぐ》ってすぐに手水舎《ちょうずや》があり、きれいで冷たそうな水がちょろちょろと流れていた。手入れはされているようで、柄杓《ひしゃく》もきれいだ。

太郎は先立って手と口を清める。修司は知らないが、そのやり方を見ているとちゃんと作法に則《のっと》っているようなので、真似をする。

「貸し切りみたいで悪くないな」

そう囁いて拝殿《はいでん》に向かう修司に、太郎が隣で微笑んだ。

賽銭箱の前に並んで鈴を鳴らし、修司は宣言した手前、奮発して賽銭を入れた。静寂の中、木箱の中を転がる音がすがすがしい。

えっと……お久しぶりです。まあ、こんなことになったんで、よろしくお願いします。一応真剣っていうか、それなりに覚悟を決めているんで……はい。

頭の中で呟いているうちにまとまりがつかなくなって、合わせた手を解いて顔を上げると、隣の太郎はまだ目を閉じて祈っていた。

異国的な風貌《ふうぼう》と神社というシチュエーションのミスマッチが、なかなかどうしてはまっている。外見だけなら、本当に文句のつけようのない男なのだが——。

参拝を終えた太郎が、修司を振り返った。

「お待たせ」

「あ……うん」

今さら、それもさんざん本性を思い知らされた後だというのに、胸がドキドキしてくる。やはりこれが好きということなのだろうか——なんてことを思ってしまい、乙女な思考を打ち消すように咳払いをした。

「な、長かったな。あれもこれもってお願いしても、神さまも困るぞ」

「お願いじゃなくて、お礼をしてた」

「お礼……？」

こんもりと茂った樹木を仰ぎ見ていた太郎が、木洩《こも》れ日《び》に目を細める。

「アメリカに行く前に、神さまにお願いしに来たんだ。いつかまた修ちゃんと会えますように、そして恋人になれますように——って」

えっ……——。

園児の太郎が小さな手を合わせて祈る姿が、今しがたの姿とだぶって、なにか熱いものが胸いっぱいに広がっていく。わかっていたけれど、本当にずっと修司を好きでいてくれたんだなと実感した。

「……こ、恋人って……マセガキが。神さまも面食らっただろうよ」

「でも、叶えてくれたじゃん」

「おまえの執念と、俺の寛容な心で、だろ」

神さまの計らいと言われるのは、ちょっと納得がいかない。ちゃんと修司の意思も入っている。

「そっか。修ちゃん自身が俺を選んでくれたってことだね」

「そ、そう言われると――」

「ありがとう！」

参道でぎゅっと抱きしめられ、修司は慌てて両手を振り回した。

「うわあっ、おまえ！　ここをどこだと思ってる、罰当たりな！」

「えー、神さまだって結果を見たいと思うけど」

「いいから離れろ！　……まったく油断も隙も――」

抱擁を解いた太郎がすかさず手を握ってきて、修司は身構えた。

「大事にするから、これからもよろしくお願いします」

「お……おう……」

手を握り返すと、にやっとした太郎が走り出した。修司はよろけながら引っ張られていく。

「な、なん――」

「帰ろう！　お参りも済んだし」

「え？　あっちの神社は？」

「行きたかったら後で行こう。まずは姫はじめね！」

「ひっ……マジで罰当たりだなおまえ！　神社でそういうこと言うか！」

「神話とか読んだことない？　神さまだって、けっこうエロいことやってると思うよ」

鳥居を潜り出ながら、修司は小さくため息をついた。

END

■あとがき■

はじめまして。ハクロニシキと申します。よろしくお願いします。

最初は変な攻にしましょうと担当さんと相談していて、いつの間にか変態攻になったのですが、そもそも変態の定義ってなんでしょうね？　相手が「キモい！　おかしい！　ふつうじゃない！」と感じたらまあそうなんでしょうけど、いざ具体的なエピソードを挙げるとなると、むずかしいところです。というか、ありふれたことしか考えつきませんでした。

それでも三つ四つとシーンを重ねるごとに、変態さんっぽくなってきたようです。ひとつだけなら我慢できなくもなくても、あれもこれもとなるとやはり……ね。少なくとも私は、ああいうことをする人は身近にいてほしくないなー、と思います。

そんな攻に最終的にはほだされてしまい、しかも変態行為に躊躇いつつも応じてしまう受は、ずいぶんと寛容ですよね。寛容というか図太いというか、やはり受も変態なのか。破鍋《われなべ》に綴《とじ》蓋《ぶた》ってやつでしょうか。

まあ、ふたりでくっついていてくれれば他に害は及ばないわけで、どうぞ末永くお幸せにと祈ります。ああ、そうだ。いずれパパやママに関係はばれてしまうのでしょうけれど、間違っても行為の現場は見つからないように、記録媒体その他の管理も厳重に、と切《せつ》に願います。

サマミヤアカザ先生には、超絶美形なふたりを描いていただきました。たしかに顔はいいと記述したふたりなのですが、なにぶん言動その他がひどいので、こんな美しいビジュアルを与えていただいて、嬉しいのに申し訳なくもあります。

編集や制作に関わってくださった方々もありがとうございました！　攻のヤバい行動を一緒に考えてくださった担当さんと「私たちまともなので想像つきませんねー」と話したことが印象深いです。そういえば、著者校の仮タイトルが「変態従兄弟」となっていたのもキョーレツでした。

お読みくださっていかがでしたでしょうか？　次の機会に参考にさせていただきますので、この程度で変態を名乗るなんておこがましい、私が知っている変態はこうだ、なんてお話が聞けたら嬉しいです。

ありがとうございました！

白露にしき

初出
「変態いとこは黒ヒョウに夢中」書き下ろし

CHOCOLAT
BUNKO

この本を読んでのご意見、ご感想をお寄せ下さい。
作者への手紙もお待ちしております。

あて先
〒171-0021東京都豊島区西池袋3-25-11
CIC IKEBUKURO BUIL 5階
(株)心交社　ショコラ編集部

変態いとこは黒ヒョウに夢中

2014年11月20日　第1刷

著　者:白露にしき
発行者:林 高弘
発行所:株式会社　心交社
〒171-0021　東京都豊島区西池袋3-25-11
CIC IKEBUKURO BUIL 5階
(編集)03-3980-6337 (営業)03-3959-6169
http://www.chocolat_novels.com/
印刷所:図書印刷 株式会社

CHOCOLAT BUNKO

好評発売中！

見習い騎士と暴君な金獅子

秋山みち花

イラスト・六芦かえで

条件はただひとつ、俺の命に従え

騎士だった亡き父と同じ道を志す平民のラウリは、ある日追い剥ぎに襲われた所を、眩いほどの黄金の髪を持つ美貌の男に助けられる。その男・ガブリエルの剣技と存在感に心を奪われ、忘れられずにいたラウリは数日後、街で偶然彼と再会した。なりゆきから夢を語るラウリは、立派な家柄でないと騎士にはなれないと知ってショックを受ける。だが、自分の命に従うなら騎士見習いにしてやるとガブリエルに持ちかけられ——。

CHOCOLAT BUNKO

好評発売中！

禁じられた恋人

いとう由貴

イラスト・石田 要

お前だって、本心では俺が欲しかったんだろう？

河原崎秀明の元に製薬会社の社長であった父の訃報が突然届いた。役者になり勘当された身だったが弔問客に紛れ参列すると、最も会いたくなかった姉の夫、工藤義人に見つかる。かつて恋人だった秀明を利用し、次期社長の座についた男は平然と秀明に接してくる。憎くて堪らないのに会えば心が揺らいでしまい、距離を置こうとしていたある日、秀明は姉の不倫を知る。原因はすべて義人にあると思い秀明は彼を責めるが——。